# 青梅竹马

[日]樋口一叶 著 ／ 小岩井 译

云南出版集团
云南美术出版社

果麦文化 出品

## [ 目 录 ]

青梅竹马　　001

暗樱　　103

# 青梅竹马
たけくらべ

一个霜冷的清晨，
不知何人在大黑屋别院的格子门，
悄悄塞进了一朵纸的水仙花。

# 一

这条街名为大音寺前。光听名字会让人联想到佛教，可附近的居民都说，这地方可是个喧闹的红尘俗世。绕过这条街，走过一段路，就是吉原花街大门外的回望柳一带，枝条如丝，长垂于地。铁浆沟倒映着三层妓院的灯火通明，楼上人声鼎沸，路上车马喧嚣，人力车从早到晚川流不息，这里当真是热闹非凡，车马盈门，一片繁华景象。

打三岛神社绕过之后，就没有什么像样的房子了，几乎都是屋檐歪斜，十几户、二十户连成一排的连屋。这种地方做生意也做不起来，家家户户的门都开着一半儿，窗外晒着剪得稀奇古怪的纸张，上面涂了白胡粉，背面贴着竹签，看起来简直像是彩色的串豆腐。

晒这东西的不是一家两家，几乎这里的每一家都是太阳出来就晒，太阳下山就收起来，忙得风风火火的样子。这些东西到底是用来做什么的？一打听就知道，这是每年十一月的酉日这一天，虔诚的善男信女们去大鸟神社上供时拿的福神竹耙，可以用来祈福求财。

这里的这些人家从正月里取下门松开始，一年到头，就是勤勤恳恳地做这些竹耙，说起来这只是一项副业，可这里的人却也视为一项重要的生意来做。

入夏之后，更是忙碌，总是浑身五颜六色，心心念念指望着做竹耙得来的钱财用来买过年穿的新衣裳呢。

人们的口中常常念叨：

"南无大鸟大明神，既然你保佑买福神竹耙的人大富大贵，也保佑我们这些做竹耙的一本万利吧！"说是这么说，但人生事不如意者十有八九，从来没听说过哪家因为做竹耙发了大财的。

这一带的居民，多数是靠妓院讨生活的。男人一般在小妓馆打杂,临近开门迎客时,忙着拾掇客人存取木屐用的号牌,啪嗒啪嗒的声响不绝于耳。黄昏时分,男人披上外褂出门,身后妻子为他打火石祈福消灾,说不准今晚丈夫就会在十人斩的刀下丧了命,或是为了劝阻欲殉情而死的客人倒了霉。他们干的活,其实往往性命攸关,可是他们却都一副游戏玩耍一般的轻松模样,也是奇怪。

小姑娘们有在大的妓院给头牌花魁当丫鬟做学徒的,也有些在那气派的七家茶楼中的某一家专门招揽客人的。她们提着灯笼,忙里忙外,来去匆匆。这些女孩出师之后有什么打算呢?当然都是希望能做一个大红大紫的花魁,在舞台上出人头地。

这里还有个三十出头的妇人,面容娇俏,穿一身整洁的条纹布和服,搭配着深蓝的布袜,竹屐上有牛皮和贴片,走起路来踏踏作响,来去匆忙。她的怀里抱着一个包袱,经过茶屋后门的吊桥时踩得木板砰砰作响,喊道:"从这儿绕过去太远了,我就在这儿递给你们吧。"她就是这一带人称呼的裁缝娘子。

这一片的风俗与其他地方略有不同:女人罕有规规矩矩系好腰带的,大家偏好将华美的宽内带露出来,那些上了年纪的也就算了,就连嘴里还含着酸浆果、十五六岁的少女们都是这个打扮,花枝招展的样子令很多人不能直视。然而,一方水土一方人,这地方风气如此,也无话可说。

一个昨晚还在沟沿班里当妓女的女人,带着有紫的花名[1],改天就和本地光棍老吉一起开一家烤鸡肉串的烧烤摊,结果因为手艺太差赔了本,转眼又再次回到妓院干老本行。因为她当过老板娘,模样比一般良家妇女还多些风韵,连附近的女孩们也都开始学起她的举止来。

到了秋季九月,吉原上演仁和贺滑稽戏时节的大街上,七八岁的男孩子学起时下有名的男性艺伎露八和

---

1 有紫的花名:取自《源氏物语》角色。

荣喜的风格来，惟妙惟肖，进步飞快，恐怕是孟母在世看见了，也会吓得赶紧搬家。

当有人称赞孩子们表演得好，他们就更加得意忘形，索性把手巾搭在肩上，学那些客人用鼻子哼起花街的风流调子，在花街游逛。这些孩子十五岁就早熟得很，让人有些担心。就连在学校里唱歌，都是打着拍子唱着"哎哟嘿哎哟嘿"之类的号子；运动会上，更是准备唱歌妓唱的运木号子。可想而知这些孩子多么不好管教，学校的教师难免多费心神。

在入谷附近有一家叫作"育英舍"的学校，虽然是私立的，却也有近千名学生挤在狭小的校舍，常常是水泄不通，可见这里的老师名声在外。在这边你只要一提学堂，人们就知道指的是这育英舍。上学的许多孩子中，有人父亲是做消防员的，逢人就说："我爹在吊桥的值班房里上班。"挂在嘴上，不用人教，他就通晓这行业，常常学他爸的样子爬梯子，悄悄爬到围墙之上，结果有别的小孩跑到老师那边告状："老师，那个人把防盗木栅弄坏了。"原来这个告状的孩子,他父亲是打官司写状子的讼师。别的小孩就取笑他:"你爹就是跟在别人后面要账的马仔吧。"让他听了以后涨红了脸。

还有个孩子,从小在妓院的别邸里长大,总是气派地头戴垂缨帽,身穿讲究的西洋服饰,一副贵族派头。他本是一家妓院老板的私生子,其他小孩一看到他就"少爷,少爷"叫个不停,鞍前马后地奉迎。

这学校的众多孩子之中,有一个是龙华寺方丈的儿子,他叫信如,生来就注定将来要穿黑色僧衣,一头黑发也不知道能留到何时。这孩子是否真心想当和尚不可知,忙不过来却也继承了方丈父亲的才学,生性喜爱读书,性格也稳重沉着。有些同学看不惯他无趣的样子,总是会捉弄他。有次有人用绳子绑了一只死猫扔在他面前,说:"你帮忙超度超度它呗,这不是你的工作嘛!"不过这些也都是过去的往事了,如今的他在学校里优秀得出类拔萃,无人比拟,再也没有人敢捉弄他。信如今年十五岁了，个头不高也不矮，或许是寸头的缘故，多少使他有些出尘的感觉。他的名字按照训读叫藤本信如，举手投足却无不带着佛门弟子的气息。

二

　　八月二十日是千束神社的庙会，神社附近的每条大街，都有心一较高低，各显神通，搭建了五花八门的花车撑场面，大有要翻越河堤直冲花街的气势。小伙子们也是兴致高昂，士气高涨。附近的孩子们听到大人在商量庙会的事，也开始模仿大人们的样子，不仅穿着一色的夏日单衣，还开始商讨起来要怎么怎么闹腾一下，那趾高气扬的话语若是让人听见，保准吓一跳。

　　这帮小混混自称"横町组"，老大就是那个消防员的儿子，名叫长吉，年方十六。这个少年自从演仁和贺戏时代替他爹拿了一回铁棒子当先锋大将之后，就神气得不可一世，把腰带系在胯间，回应人说话都是用鼻子出声，神情姿态无不透着一身流氓气。消防员的媳妇在背后抱怨说："这要不是自家孩子的话可真看不下去了……"

这少年恣意妄为，行为不检，已经成了这一带的小霸王。

大街上另外还有一位少年，人们称呼他"田中屋的正太郎"，他的年纪比长吉还小三岁，不仅家境富裕，长相也很俊秀，很受大家欢迎。不知怎的，正太郎就成了长吉的眼中钉。

长吉上的是私立学堂，正太郎上的是公立学校，即便是唱首一样的歌，正太郎的神色也显得像是他唱得更正宗。

去年和前年举行神社庙会的时候他都大出风头，不仅有大人帮忙，而且花样百出，远远胜过长吉那边，长吉心里不服气，但当时势单力薄，想打架也只能干瞪眼。长吉平日里老自夸："记住啦，我可是横町组的长吉呀！"如果今年还是比不过正太郎他们，吹过的大话就要打脸了，以后去参加弁天池游泳大会的时候，就没什么人会加入横町组了。

论力气，长吉确实有一把力气，可是横町组的太郎吉和三五郎等，都被正太郎那温柔亲切的态度给迷惑了，有的人觉得正太郎有学识，暗中都成了他的人，这让长吉怎么咽得下这口气。

长吉心想：后天就是庙会了，要是再不能打败正太郎，那我干脆跟他打一架得了，要是能在他那张俊脸上留个大伤疤，哪怕我瞎了眼睛断条腿也值了。现在能帮我的只有拉洋车家的儿子阿丑、头绳店的儿子阿文以及玩具摊贩的儿子弥助，有这些人帮忙肯定输不了。啊，对了，还有他，如果藤本在的话，肯定有不少好主意！长吉想来想去，在十八日黄昏的时候，一边用手驱赶着眼前和嘴角扰人烦的蚊子，一边穿过茂盛的竹林直达龙华寺的庭前，径直来到信如的房间门口喊："阿信在吗？"

"别人都说我粗鲁，也许真的是吧，不过该发火的时候就要发火呀！你听我说阿信，去年我的小兄弟和正太郎那边的跟班不知怎么打了起来，还用长柄灯笼抡他，他们那帮人不讲道理，直接跑过来把咱们小兄弟的灯笼砸得稀巴烂，还一起动手把他举了起来，有个家伙还说，哟，横町组的臭小子好惨呀。还有团子铺那一脸老相的傻大个也损我，说你们头儿在哪呢，我看只有尾巴，猪尾巴！

"那时候我刚巧和其他人去千束神社了，等我听到消息要去报仇的时候，却被我爹抓回去挨了一顿臭骂，只好放过他们。你再说前年，你应该记得，前街上的哥们在文具店门口演滑稽戏那次记得吗？我那天去看热闹，他们就说些有的没的，什么你们小胡同的找你们小胡同的乐子去。他们就光让正太郎看不给我看，简直岂有此理！我管他家里有多少钱，说白了不就是当铺开不下去，做起了高利贷的货色嘛！这种伤天害理的混账活着就是祸害，打死才是为民除害呢！

"今年庙会那天，我一定要好好报仇雪恨。阿信，我知道你不待见这些事,可是还是帮帮我吧,替我们横町组一雪前耻呀!我们一起收拾那个唱个破歌也要显摆自己最正宗、老摆臭架子的正太郎吧!他还骂过我是私立学堂教出来的蠢货,这不就连你也一起骂了吗?哥们我真心求你了,卖我一个面子,用长柄灯笼以牙还牙吧!哎呀呀,气死我了,要是这回又打输了,我长吉可就没脸见人了。"

长吉越说越来气,宽阔的肩膀激动得一抖一抖的。

"可我也没什么力气呀。"阿信说。

"没力气也没问题呀!"

"我可不会用大灯笼打人。"

"不打人也没问题呀。"

"让我也加入的话,你们八成要输,这也没问题?"

"输了就输了,那也没办法,你啥也甭做,就充当我们横町组的一员,摆点样子给他们看就够了。咱们横町组有你撑场面,很多人就会站在我们这边了。你跟我不一样,我是个粗人,你有文化有学问,要是他们用什么文言文之类的骂我们,你还能骂回去,那就痛快啦!你肯答应的话,我们的声势就壮大千倍,没什么可怕的了。真的谢谢你了,阿信。"

长吉一反常态,说话的语气又客气又温和。

一个是系着潦草短腰带,拖着草鞋走路的消防员儿子;一个是深蓝色洋布外褂,系着端庄紫色长腰带的佛门子弟。他们平常说话也常常是话不投机,鸡同鸭讲,所思所想截然不同。尽管如此,长吉是从小在龙华寺门前长大的孩子,方丈夫妻也疼爱他,而且他又是信如的同学,人家骂他是私立学校的蠢货,信如听了当然也不舒服。长吉生来就不讨人喜欢,从来没有什么真心的朋友对他好,说来也是蛮可怜的。正太郎有一条街的少年郎做帮手,凭良心说句公道话,长吉每次吃亏,基本上也都是田中屋那边过分了。

看长吉这么看重自己,恳求自己加入,信如也不好推辞,无奈答应:

"那我就加入吧。既然答应你了,我就不会失信。不过打架这东西，不战而胜是最好的。当然，如果他们先动手的话，我们也只能应对。真要打起来，田中屋那个正太郎，我能轻而易举地打倒他。"

信如似乎忘记了自己没什么力气，从桌子的抽屉里拿出一把别人从京都带来的礼物，著名刀匠小锻冶的小刀给长吉看。

长吉凑过脸来细瞧，说："看起来好锋利呀！"

刀乃凶器，要是真动起手来，可是不妙。

# 三

少女的长发牢牢盘起,若垂下来可及脚踝。

她前额的发丝蓬松,发髻比寻常之人稍为高耸,这是一种被称作"赭熊髻"的发式,听起来颇为瘆人,却是大户人家的千金小姐们之间也流行的款式。

她有白皙如玉的皮肤,高挺精致的鼻梁,秀口虽称不上樱桃小嘴,抿起来也别有一番风味。若有心一一品评,固然五官上还不能说这是位典型的美人儿,可一旦配合她那纤柔悦耳的声音、娇怜的眼神和朝气蓬勃的举止,就无不透着一股赏心悦目的可爱劲。

她身穿橙色蝶鸟花式的单衣,胸前高高束起的双色衣带是黑色绸缎的里与染花面料的面,脚上穿着双街上罕见的漆色厚木屐，脖子上擦了一层粉，手持湿毛巾，风姿绰约，仿若早晨刚从浴室回来。逛完花街正欲归去的少年郎们目睹她的姿容，无不啧啧叹赏，纷纷说道："真想早点看到她三年后的姿色呀！"

这位少女，就是大黑屋的美登利。

美登利的家乡在纪州，说话难免带点口音，不过反而听起来很可爱，最让人喜爱的还是她那落落大方的性情，让人自然就感到亲近。少女的姐姐是吉原花街正当红的妓女，托了姐姐的福，身上的荷包也总是鼓鼓的。鸨母姨婆等人为了讨好她姐姐，也时不时地会给她一些零花钱，说："小美呀，这些钱拿去买些人偶玩吧。"给她钱的人给得坦然随意，拿钱的少女也就越来越不在意，花钱完全不心疼。比方有一次给同班的二十个女同学每人送了一样的皮球；还比方为了让小伙伴们开心，一口气买下了文具铺中所有卖不出去的玩具。这类挥霍之事层出不穷，实在与其年龄和身份不符。她不是什么大户人家的千金小姐，父母虽然健在，却也放任迁就，毕竟他们心里清楚少女的未来，也就不说什么了。妓院的老板对她也是宠爱有加，百般呵护，饶是奇怪。说起来她既不是老板的养女，也不是他的什么亲戚，只不过是少女姐姐当初卖身的时候，她的父母也听从了老板的邀请，一起带了行囊来这里谋生。其中是否另有什么隐情，外人就不清楚了。

如今他们一家寄住在妓院的别院，算是帮老板看管房子。此外，母亲还替妓女做些手工针线活，父亲在花街的一间小妓院管账。

美登利在上学之余，也学些歌舞和针线，其他时间便无所事事，想做什么就做什么。有时候大半天就在姐姐的房间里玩乐，有时候大半天在街上闲逛。这条花街的昼夜，耳闻目染的，皆是丝弦鼓乐之声，绫罗锦缎之美。

初来花街的时候，她将紫藤花色的缎子衬领戴在了夹衣上，走在街上的时候还被一些姑娘们嘲笑是土气的乡下人，为此还哭了三天三夜。现如今，只有她去嘲讽别人的分，哪有别人回嘴的事发生。

二十日是庙会，周围的小伙伴们请求她，希望找些好玩的事作乐。

"大伙儿都一起出出主意，每个人都想想点子，你们喜欢玩什么就玩什么，花多少钱没关系，我出。"美登利一如往常，爽快地答应下来。她就如同孩子们中的女王陛下，她的话比大人们更值得信赖。大家兴高采烈，有人说："演滑稽戏怎么样？随便借一家店铺来表演，让整条街上的人都来看。"

"没意思，这什么馊主意啊！还不如做一顶神轿，就像蒲田屋里放的那顶真正的神轿一样，沉一点也没关系，我们可以喊着嗨呀嗨呀的号子，肯定抬得起来。"另外一个头上扎着布巾的男孩子说。

话音刚落，女孩子们便开始抗议："那我们多无聊，光你们男孩子嚷嚷热闹，我们看着你们玩有什么意思。美登利也会觉得扫兴的。还是让美登利做主吧。"听女孩子们的意思，似乎参加庙会还没有去常盘座戏院看戏来得有意思呢。

田中正太郎滴溜溜地转动着他那灵动的眼睛，说：

"幻灯片,幻灯片怎么样?我家里有一些幻灯片,不够的话再让美登利买一些给我们,就摆到文具铺去放吧,我来放,然后让后巷的三五郎来当旁白讲解。美登利,你看这主意可以吗?"

"嗯哈,这个好玩!让阿三来当旁白,大家伙儿一准笑得止不住,要能把他的脸也放映上去,那就更好玩啦!"

美登利一决定,大家就此商定。

正太郎负责采办需要的物件,在大街上来回奔波,挥汗如雨,很是卖力。

消息传出去后,一传十,十传百,才第二天,就连后巷的孩子们也都听说了。

## 四

鼓声、三弦声，不绝于耳。一年一度的神社庙会依然是众人瞩目的大事，除了冬月酉日外，没有比庙会更热闹的时候了。相邻的三岛神社和小野照神社，互不相让，大家拿出了十足的干劲和气势，一争高低。

大街和小胡同的居民都穿了一样颜色的单衣：白色真冈棉布上，印着街名拼成的图案，可也有人暗自嘀咕这图案没去年的好看。衫子上全都是又宽又粗的鲜黄色的麻布束袖带子，还不满十四五岁的孩子们还在这麻布束袖带上系了达摩不倒翁、猫头鹰小玩偶、纸制小狗等小玩意，还互相攀比谁系得越多就越神气。有的人竟然在袖带上系了七个、九个、十一个之多。还有的孩子在背后的结子上系了许多叮当作响的大小铃铛,兴奋地穿着分趾袜子跑来跑去。

在这一群孩子中,只有田中正太郎的装扮与众不同,他身上穿了印有田中屋店铺字号的短外褂,雪白的脖子下系着深蓝色的肚兜。这种装束不太常见,定睛一看,原来紧紧系着的腰带是鸭蛋青色的上等绉绸料子,领襟上的字号也染得颜色鲜明。缠头的头巾在后脑勺上打了结子,上面还插了一朵从花车上摘下来的假花。他穿着木屐来去穿梭,皮趾襻子的响声和锣鼓声混在一起,不过他没加入敲锣打鼓的行列之中。

庙会前夜的庆祝活动平安结束了。黄昏时,十二个孩子都聚集在文具店的门口,只剩美登利还没来,她大概还在不紧不慢地梳妆打扮呢。正太郎等得不耐烦,在文具店门口徘徊多时,忍不住喝令三五郎说:

"喂,三五郎,你去催一下她!你还没去过大黑屋的别院吧?不用进去,在外院喊美登利的名字就可以了,肯定听得见。快去吧,快去催一下!"

三五郎立即答应："好，那我去叫一下她。灯笼先放在这儿，估计也没人敢来偷里面的蜡烛。正太郎，你帮我看着点。"

"斤斤计较的尿货！废话少说，赶紧过去！"

三五郎被比自己岁数小的正太郎一阵呵斥，憨憨地连连应声，说着"这就去这就去"，立刻像佛教中跑得飞快的韦驮天一般飞奔而去。女孩们看他跑起来的样子，都娇笑不已，说："瞧三五郎跑路的样子，真好笑呀！"这三五郎长得又矮又胖，脑袋前凸后翘，脖子又粗又短，简直像个大棒槌。从正面看，他的额头凸出，又是狮子鼻，门牙外露，大伙儿都叫他"龅牙三五郎"。他的皮肤黝黑，眼睛长得滑稽，脸颊上又有两个酒窝儿，眉毛也长得像孩子们蒙眼玩"福笑"游戏画的人，让人一看就忍俊不禁。

他的家境并不好，在这些个孩子之中，只有他穿着廉价的阿波棉布服。对那些不知道他家境的人他总是解释说："我的节日服还没做好呢。"

三五郎的父亲是拉洋车的，家里还有五个弟弟妹妹，虽然在五十轩一带生意还不错，穷神还是舍不得离开他们家，任凭生活多么辛苦，依然只能苦苦维持。前年，三五郎满了十三岁就开始帮家里干活，在井木街的一家印刷厂当学徒。可是三五郎是个天生的懒汉，不到十天就跑了回来，以后换了许多地方，没有一个地方能待上一个月，现在又回到家里，从腊月到春天，就在家里做羽毛球；夏天在检查所附近的一家冰店里送冰块，因为他招揽顾客的喊声很滑稽，老板也很看重他。自从去年被雇去拉仁和贺戏的屋台车以来，小伙伴们就瞧不起他，到现在还管他叫穷光蛋的"万年街"。但是一提起三五郎的名字来，人人都知道他是个活宝，也没有人讨厌他。田中屋是三五郎家的救命财神，虽然他家放的是高利贷，利钱不小，可如果不借这个钱，那就真的很难活下去了，所以正太郎还算是他家的救命恩人，三五郎怎么敢得罪他呢。正太郎要是喊一声："三五郎，到我们大街来玩！"三五郎碍于面子就不得不去。可是，三五郎是小胡同里土生土长的孩子，人住在龙华寺的地，家里租的又是长吉他爹的房，所以不敢光明正大地背叛长吉,背地里还不得不偷偷地帮正太郎的忙,真是弄得他两头难做人。

正太郎坐在文具店的门口百无聊赖,顺口就哼起了情情爱爱的相思小调。

老板娘一听见就笑着说:"哟,真看不出来你还会唱这歌!"

正太郎被她一取笑,不知怎的害臊得耳根发红,为了掩盖尴尬,他故意大声喊:"大家跟我来!"于是带着一群孩子跑出去。恰好在这时候,听见有人喊他:

"正太郎,快回家吃晚饭啦,怎么就知道玩,我都喊你老半天了没听见吗?"

原来是外祖母接他来了。"你们回头再玩。老板娘,每次都打扰你了。"外婆对文具店的老板娘也打了招呼,带着孙子就走。正太郎看外婆亲自来接,不好说"不"字,就跟着她回去了。他走后顿时冷清不少,站在路旁的两三个女人望着他们说:

"少了那个孩子,连咱们大人也觉得没了很多乐趣。

虽然他不像三五郎那样逗趣，也不吵闹，但是他的性情真的很可爱，这种好个性在有钱人家的少爷里面真是罕见啊。不过你看见那个田中家的老寡妇了没？那可是个让人讨厌的家伙，今年都已经六十四岁了，不擦粉还好，可是那脑袋上怎么梳了那么大的圆髻，真不害臊！这个人说话一团和气，可是讨债的时候逼死人，根本就不在乎别人死活，怕是要把钱都带到棺材里去哦！这话也只能暗地里说说，真的见了她估计头都抬不起来咯，钱谁不想要啊，听说花街好几家大妓院都要向她借钱呢。"

## 五

思相见者心难熬,夜半烛火空寂寥。这首诗传达了爱恋时的苦涩心情。

这是夏天的傍晚,凉风习习,美登利洗完澡,去除了白天受到暑热流的汗水,此刻她正在对着镜台梳妆打扮,涂抹胭脂。做娘的亲手替她梳理鬓角上松了的几根散发,对自己的闺女左顾右盼,越看越好看,忍不住自言自语说:"脖子上的粉薄了些。"她给女儿穿上了清凉的淡蓝色友禅夏衣,配了稍窄的淡茶色金丝线织花锦缎腰带,等到把木屐摆放至台阶,时间早已过去了良久。

可怜三五郎在外面等得心急难耐,望穿秋水,他已经围着木墙绕了七个圈,打了数不清的哈欠。赶不走的蚊子一再凶猛地咬着他的脖子和前额,让他浑身难受,在快要忍受不住的时候,美登利终于出来了,对他喊了声:"我们走吧!"三五郎二话不说,一把拉住美登利的袖子就跑。

"唉,慢点哪,跑得我胸口都痛了。你跑这么急,我不跟你一起去了,你自己先去吧。"美登利数落了三五郎一顿,两人一前一后来到文具店,不过此时正太郎已经回家吃饭去了。

"唉!真没意思,没意思!要是他不在,我也不想放幻灯片了。阿姨,您家有七巧板卖没?跳棋也行,这么闲着太无聊了!"美登利说。

大家一瞧美登利嫌无聊,就开始献计献策。女孩们立刻借来剪刀,做起了剪纸。男孩子们在三五郎的带领下,开始装模作样地唱起了仁和贺歌:

北边的花街多繁荣,
　家家户户挂灯笼;

五丁街上人来人往，

熙熙攘攘生意兴旺。

……

　　大家一起唱了起来，把去年和前年学的仁和贺歌唱得一字不差，就连手势和拍子也一模一样。这十来个孩子的歌唱，吸引了门外一大群看热闹的人。这时候，从中间挤进来一个孩子喊："喂，三五郎在吗？赶紧出来！有事！"

　　三五郎一看是搓头绳家的文治，就漫不经心地答应一声，正要身手矫捷地跨出门槛，忽然被一个拳头冷不丁地砸中了脸。

　　"叛徒，吃我一拳！丢我们胡同帮的脸，绝不放过你！认识我长吉不？瞧瞧你都做了什么鸟事，可别后悔呀！"

　　三五郎吓得六神无主，哎呀呀叫着连忙跑回了店里。这时胡同帮的孩子们蜂拥而上，揪住了他的衣领。

　　"打死他！"

"把正太郎也找出来教训教训！"

"尿货别走！丸子铺的那个傻大个也别放过！"

文具店门口顿时乱作一团，就连门口挂着的灯笼也在混乱中被人砸烂。老板娘直尖叫："别在我家门口打架呀！家里的吊灯也危险啦！"饶是如此，也没有人理她。

胡同帮这十四五个孩子，脑袋上都绑着头巾，手里挥舞长柄大灯笼，穿着鞋带着泥泞就上了榻榻米，搞得里面一塌糊涂。他们找不到正太郎，就围着三五郎一顿揍，手脚并用，威胁着："正太郎去哪了？他藏在什么地方？快告诉我们，不然要你好看！"

美登利气得浑身发抖，不顾劝阻上前大骂："你们干吗呀！跟三五郎有什么仇什么怨？想找正太郎打架，那就去找他呀！正太郎可没有躲你们，这是我们的地盘，不许你们放肆！该死的长吉，你干吗打三五郎，哎呀！怎么又把他推倒了！有本事冲着我来，来打我呀！有种你们来呀！阿姨，你别拦着我！"

"臭婊子，你在嚣张个什么劲？不过是将来要接你姐姐的班当妓女的货色,我根本就没把你放在眼里!吃屎吧你!"长吉在人堆后面辱骂,脱下了脚上的泥草鞋一把扔了过来,结果不偏不倚正好砸中了美登利的前额。

美登利顿时变了脸色,气急败坏地站了起来。文具店老板娘怕她受伤,连忙抱住了她。

"哎嘿!这下知道我们的厉害了吧!告诉你,龙华寺的藤本也是我们的人,要是想报仇,奉陪到底!你这蠢货!厌货!烂货!回去那乌漆墨黑的小胡同时给我小心点,别中了我们的埋伏!"

胡同帮的小流氓们一边叫嚣着,一边把三五郎扔在了地上,这时候远远传来皮鞋走路的急促脚步声,应该是有人报了警,警察来了。

"撤!"长吉大喊之后,丑松、文治等领头,十几个孩子各自四散逃跑,有的还跑进小胡同里躲了起来。

"混账!混账!混账!气死我了,长吉、文治、丑松你们这些王八蛋,有种你们杀了我!来杀我呀!我三五郎堂堂男子汉,可不怕死,就算是死也要变成厉鬼弄死你们！给我记住，长吉你这个混蛋！"

三五郎气得眼泪大颗大颗地掉落，随即号啕大哭起来。他浑身被打得惨痛，两只袖子被撕得稀巴烂，背上腰上全是泥。

老板娘在他们打架时觉得打得太狠，只敢在旁边担惊受怕不敢劝架，这时候才跑过去扶起三五郎，揉揉他的后背，掸掉他身上的泥土，安慰道：

"忍一忍吧，他们人多势众，我们不是他们的对手，就连大人都对付不了他们，别说你一个孩子了，还好没受什么厉害的伤，就劳烦警察送你回去吧，也不怕路上真有什么埋伏，我也安心一些。"

随后，老板娘又对着赶来的警察说明了打架的情况。

警察一听，立刻答应："这是我该做的，就让我送你回家吧。"说罢就伸手要牵三五郎的手。

三五郎吓得缩回了身子："不，不，不用了，我自己能回去。"

"别怕！我只把你送到家，没别的事。"警察微笑着抚摸三五郎的头。

三五郎却战战兢兢，无精打采地说："要是爹知道我和长吉打架，肯定又要骂我。长吉的爹，可是我家的房东呢。"

"那就送到你家门口吧。你爹看我在就不会骂你了吧。"警察安慰着三五郎，牵着他的手离开文具店。看热闹的人也都松了口气，目送着他们离去。没承想，一走到小胡同的路口，三五郎却忽然一下甩开警察的手，撒腿就跑了。

# 六

"这可真稀奇了,莫非这大热天是要下雪了还是怎么的?你不想去读书,是不是有什么不高兴的事?不想吃早饭的话,我回头给你做寿司吧。你说感冒了,可也没发烧,是不是昨天玩得太累了?等会儿娘替你去太郎神社求求吧。"美登利的娘不停唠叨。

美登利连忙说:

"不用了不用了,为了求姐姐蒸蒸日上,我亲自去太郎神社求过了,要还愿也必须我自己去,不然就不灵验了。娘给我点香火钱,我这就过去。"

说着,美登利就从家里跑了出去,一口气跑到田间的稻荷神社,敲响鳄嘴铃,合掌祈祷,叽里咕噜的也不知许了什么愿望,回去的时候也只是低垂着头。

正太郎远远地就看见了她,隔着一段路就喊住了她,飞奔而来,拉住美登利的袖口,抱歉地说:

"美登利,昨晚真是对不起你呀。"

"你有什么对不起我的?"

"可毕竟这些人是来找我的,他们冲着我正太郎才惹事的。要不是昨晚外婆来喊我回去,我是不会离开的,那样也不会让他们把三五郎揍得这么惨。今天早上我去三五郎家看他,他一边说还一边哭个没完,听得我一肚子火。我还听说长吉那臭小子把草鞋扔在你头上了?这个王八蛋!可是我并不是知道他们要来才回家的,美登利,你一定要原谅我,我不是会逃跑的懦夫。本来是想随便吃两口饭就出门找你们的,谁知道外婆要去洗澡,我只好留下看家,就这么一会儿工夫,这帮混球就来惹事打架,我完全都不知情。"

正太郎不停向美登利道歉,好像这些错都是自己的原因,他担心地观察着美登利的前额,问她还痛吗。

美登利嫣然一笑，说：

"不打紧，没事的。不过正太郎啊，千万别对别人说起我被长吉扔了鞋子的事，要是我娘知道了，肯定要骂我了。我的爹娘都没有打过我的头，可是长吉这混蛋竟然用草鞋脏了我的额头，这简直就像被他踩过一样侮辱我。"

说着说着她背过了身子，楚楚可怜。正太郎心里不由得一阵难过。

"真的对不起，这都是我的错。我向你道歉，别生气了好吗？要是你还难受，我真的不知道该怎么办才好……"

两人走走聊聊，不知不觉已经走到了正太郎家后面。他拉着美登利的衣袖说：

"到我家坐一会儿吧，美登利，我家没人，外婆出门收利钱去了，我一个人在家怪冷清的。我给你看上次和你讲过的丝锦画吧，五花八门很好看呢。"

美登利默默点了点头，跟着正太郎从清幽的小折门走进了院子。院子虽然并不宽敞，却摆了很多盆栽，显得清新雅致。屋檐上吊着一盆金盏草，可能是正太郎在午日的集市中买来的。不清楚情况的人可能会觉得疑惑，明明是这条胡同最有钱的田中家，为什么只有老婆婆和孙子两个人呢？而且到处都上了锁。老婆婆身上带了一大串钥匙，怕是连肚子都会弄得冰凉。家对面都是连排房，人们坐在屋里也能看见外面，所以就算她不在家，也没有人敢光明正大撬锁进屋。

正太郎先行一步进了屋，找了个凉快的地方，让美登利先休息一下，还用团扇替美登利扇起了风。他虽然才十三岁，做事做人却很体贴周到。随后他又从里面拿出许多珍藏的丝锦画，一张张地展示给她看，看到美登利开心的样子，他的心里也感到很高兴，于是又拿出来羽球板子。

"美登利，让你看看以前的羽球板子，这一块是我娘在公馆里做事的时候，东家赏给她的。你看多大啊，多有意思！板子上面画的人物也跟现在不一样。哎，要是娘活着该多好啊。我三岁的时候娘就死了，虽然爹还活着，可娘死了后他就回乡下老家去了。现在只留下外婆和我两个人，我可真羡慕你呀。"正太郎情不自禁地谈起了自己的父母，说着说着就流出了眼泪。

"呀，你的眼泪把画都给弄湿了，男儿有泪不轻弹哦。"

被美登利这么一说，正太郎说："也许是我的心太软，总是容易感伤许多事情。现在这种时节还好，一到冬天我就很煎熬。一个冬天的晚上，我一个人在月光下去田街收利钱，不知道站在堤坝上哭了多少回。我不是因为冷才哭的，也不知道为什么，就想起了好多的往事。自从前年起，我就出去收利钱了。外婆年纪也大了，晚上独自走夜路怕有危险，再说她眼睛不好使，盖印什么的都不方便。外婆说以前我家也雇了好几个伙计，可是他们欺侮我们一老一小，都不用心干活。外婆打算等我长大了，重新开当铺，当然开不了过去那么大的了，但至少也要挂起田中屋的牌子，这是外婆现在最大的盼头了。别人都在背后骂我外婆是守财奴，可是她做这一切还不是为了我？每次我去收利钱,在通新街一带有很多可怜的穷人,他们一定会在背后说外婆坏话,一想起这些,就忍不住流泪。不管怎么说,都怪我的心太软。比如今天早上我去三五郎家收利钱,担心他爹知道他跟人打了架,三五郎还忍着疼痛在干活。我看在眼里,心疼得很,可是也说不出什么话来,男子汉动不动就哭,这不是很没出息吗?也怪不得小胡同那些小流氓瞧不起我……"

正太郎说了一半欲言又止,红着脸,无意间与美登利的目光对视在了一起,忽然觉得美登利真是可爱无比,好生美丽。

"庙会那天你穿的那套衣裳真合适,好看得很,我可羡慕了,我要是也是男的,一定要那么穿,真的,你穿起来可真够潇洒的。"

听到美登利的称赞,正太郎又高兴起来:

"哪里哪里,我算什么好看,你才真叫好看呢。大家都说你长得比你花街的大卷姐姐还要娇俏,你要是我的姐姐,我也有面子了,你去哪儿我就跟你去哪儿,跟大家炫耀这是我姐姐。可惜我一个兄弟姐妹都没有,也是无可奈何。对了,美登利,改天我们一块儿去照相好不好?我就穿着庙会那天的衣服,你呢,穿那件宽条纹的薄纱衣裳,咱们都打扮得漂漂亮亮,去水道尻的加藤照相馆照,让龙华寺那个家伙羡慕死。他肯定会生气的,那个家伙性格多闷啊,就算生气也不会红脸,说不定他还要嘲笑我们,不过笑就笑吧,无所谓,我还要把照片放大,挂在陈列窗里,你说多棒!你怎么啦,是不愿意吗?看你的脸色好像不是很乐意……"

美登利听到他那哀怨的语气觉得很好笑,忍不住笑出了声。

"没有啦,我只是怕照得难看了,你就不喜欢我了。"

听到美登利明朗的笑声,正太郎心中的气一下都消散无踪。

凉爽的清晨不知不觉地过去了,天气逐渐炎热起来。

"正太郎,晚上见咯。你有空也来我家玩呗,我们去放河灯,追小鱼儿玩,多有意思。而且池子上的小桥已经修好了，再也不用担惊受怕了。"

　　美登利说完，就起身回家去了。

　　正太郎满心欢喜地送她离开，看着她离去的背影，心中暗想：她可真是美啊！

## 七

　　龙华寺的信如，和大黑屋的美登利都在育英舍读书。

　　四月末，樱花凋谢，人们开始在蓊郁绿叶下观赏紫藤花，学堂也在水谷平原上举办了春季运动会。

　　拔河、抛球、跳绳……种种项目让孩子们玩得如火如荼，忘却了时间，不知暮色已经来临。

　　就在那天，信如不知为何，一反常态，失去了平常的那股镇定沉着，被池塘边的松树根绊倒了，手指都插到了黄泥路上，外褂的袖子上也都是泥，好生狼狈。正巧，当时美登利就在一旁。

　　美登利看不过去，于是取出自己的红色手绢，关心道："用这手绢擦一擦吧。"

本是一件寻常事,却因周遭看见的同学中有那多嘴多舌的,带着些醋意起哄道:"藤本可是个和尚,怎么还和姑娘家搭话呢。你看他那眉开眼笑道谢的样,心里乐得很吧。看来美登利要做和尚的老婆咯,和尚娶花街女,真是配得很呀。"

信如向来不喜别人讲这种风言风语,一听之下立马转过脸去。如今这种话扯到自己身上,让他更加难以忍受。自那以后,他听见人提起美登利这个名字就会惊惶,生怕人家又提及当天的事,心中总有些莫名的惴惴不安。可是,这也不能无端地责怪美登利,只有暗暗下决心以后尽可能不搭理她,每每板出一副冷冰冰的脸面。有时候美登利当面问他话,他就真不知如何是好,嘴上说着:"不知道,不知道。"心里却是缭乱不已,直冒冷汗。

美登利对信如的心思并无察觉,一见他就亲热地喊他:"藤本君,藤本君。"

有一次,在放学回家的路上,美登利恰好走在信如前头，走着走着发现一棵树上开了一些好看罕见的花儿，就等着后面的信如，央求他："你瞧！这棵树上开的花好好看，我想要却够不着，信如你个儿高，一定能摘到，帮我个忙好不好嘛，替我折一枝花。"

信如不好意思置之不理，却也不想当着同学们的面和她太亲近，生怕惹来闲言碎语。一番为难之下，只好敷衍地从就近的树上随意折下一枝花，随手丢给美登利后，就匆匆走开。

美登利起初很意外，还诧异信如怎么会对她这么无礼。

然而之后类似的事情接二连三地发生，就让美登利渐渐明白过来，信如这是故意令她难堪。

"他对别人都很温和，偏偏对我冷言冷语。跟他说话，也从来不好好回应我，每次走到他身边就逃一样走开，和他说话又总是无缘无故生气的样子，阴阳怪气，真不痛快。这种怪人，又别扭又坏脾气，真讨人厌！我再也不要理他！"

于是此后，美登利在学校里即使擦肩而过也不跟信如搭话，路上遇见也不寒暄，两个人之间仿佛有了一条无形的大河，船不渡，筏难漂，各走各的人生路。

庙会过后的第二日，美登利就再也没有去上学。不用说，自然是因为额头的污泥好洗清，心头的耻辱却难消除。她想："不管大街还是后巷，既然大家都在一处上学，不就是同学了吗？没想到同学之间还要分成两派，平日里都要争长短。庙会那晚，欺负我是个姑娘家，打不过男孩子，竟敢闹出那种事情来，真是卑鄙可恶！长吉这种蛮不讲理的愣头青乱来是出了名的，但如果没有信如在背后撑腰怂恿，他也没那个胆子敢去大街上这样的打架。这个信如，平时在人前装作懂事稳重的样子，背地里却阴损蔫儿坏，真是太坏了。就算你年级高，学问好，又是龙华寺的大少爷，我大黑屋的美登利也没有欠过你一点儿的人情，轮不到你来侮辱我是叫花子。

"我不管你龙华寺是不是有很多有钱有势的施主，我姐姐可是有相好了三年的银行家川先生、兜町证券行的米先生，还有位矮个儿的议员说要为姐姐赎身，娶她做正经太太呢，只不过姐姐没有看上人家，不肯答应而已。听鸨母们讲，这个人其实在官场很有势力。如果不信尽可以去打听好了，人们都说大黑屋要是没我大卷姐姐，那生意也算做到头了。所以妓院老板也不敢怠慢我的父母亲和我。就说有一次我在会客间玩羽毽子，不小心撞倒了楼主供在神龛里的大花瓶，并且花瓶还倒下损坏了他最宝贝的财神大黑神，破坏得一塌糊涂。尽管如此，正在隔壁房间喝酒的老板也只是说了句'美登利你太淘气'而已，完全没有责罚的意思。后来院里的姐姐姨娘们谈起这件事，无不羡慕地说：'这要是换作别人摔的，老板肯定大发雷霆。'不用说，我这也是沾了姐姐的光。

"虽然我们一家是寄住在他人的别院看家，但姐姐身为大黑屋的头牌，我怎么能够忍受长吉这种人的欺侮？龙华寺的小和尚，你竟然用这么卑鄙的手段来作践我，你太可恨了！"

美登利也是娇惯惯了的孩子，越想越受不了这气。

她心口不快,气得折断了石笔,丢掉了砚墨,将那教科书与算盘统统弃如敝屣,从此不再上学,只管与要好的伙伴尽情玩耍。

# 八

夜晚的时候,客人们坐着车子匆匆而来;次日清晨,客人们又怀揣温柔乡的残梦失落地乘车离开。

有的客人怕让人认出,帽子压得很低;有的客人用手巾包着脸,回味着临别时妓女们在他背上的哀怨捶打,捶打得越痛心里头越得意。心里美滋滋,脸上笑嘻嘻,这神情看起来真有点惊悚。走到下坡路,一不小心就会撞上从千住满载青菜回来的大车。难怪大家都把从花街到三岛神社拐弯的一段路叫作疯子胡同,路经这一片回家的人,个个脸上带着一副笑眼迷离的痴状。有人见了,曾经在胡同旁说过犀利讽刺的话:"别看这些人在外面都是声名显赫的达官贵人,其实一分钱也不值。"

当今的世道，每个人家都把自己的女儿当宝贝一般宠着，这都用不着引用《长恨歌》中"杨家有女初长成"这话，只看从这附近的胡同和杂院出过多少赫夜姬般的美女就能明白了。比如现在在筑底某艺伎楼里当红的阿雪，就是个专门陪伴达官贵人、擅长舞蹈的美人。尽管在宴会上经常装出一副不知世事的天真烂漫，说什么不知道大米是什么树上结出来的傻话，其实出身也是这胡同的寻常闺女。以前在家的时候，还做过制作花纸牌的副业呢。

俗话说："去者日以疏，来者日以亲"，曾经红过一阵的这位美女，离开胡同之后就杳无音信了。现如今风头正盛的花街女是和她同样长在这片胡同里的染坊姑娘——阿吉。她在千束街新开的一家门店里成了红人，在浅草公园一带风头一时无两。

在这里，大家每天谈论最多的，都是关于哪家姑娘又发达了的事，这儿的男孩和在垃圾箱里找食物的黑尾巴狗似的，仿佛毫无用处。在这胡同中，一些精力旺盛的年轻小伙子，都互相结拜为兄弟，三五人就组织成什么团体帮派，虽然没有人学侠客一般把管箫别在腰间装模作样，却也都依附在一些名号吓人的大爷底下，系着同样的手巾，握着长柄灯笼，每天都在花街里踱步游荡；还不会掷骰子，就已经会站在妓楼门口调戏里面的姑娘们。这帮家伙白天老老实实地干活，一到晚上，就跑去澡堂里洗澡，换上七五三和服，穿上木屐，凑在一起闲聊："看见某妓院新来的那个女的没？长得好像金杉丝线店的闺女，不过鼻子有些塌。"这些人的脑子里想的尽是这些事，然后站在每家妓院前来回索取烟草手纸之类，和妓女们打情骂俏，把这些看成生活中最了不起的事；其中也有好人家本可以继承家业的儿子，也跟着这帮人学坏，在大门附近惹是生非。

　　女人的势力不可谓不大，且看五丁街一年四季都存在的繁荣豪华，都是她们的功劳。虽说现在不兴提着带字号的灯笼迎接客人，但接待客人时人们木屐的走动声，以及妓院里的欢声笑语，歌舞升平，都不免使人感到心驰神往，忍不住踏入门中。

你要是问男人们究竟图什么,他们会说:"红红的衣领子、美丽的发髻、长长的无袖衫,笑起来勾魂的眉眼嘴角,你说不出来哪里好看,但这些姑娘就是让人魂牵梦绕,别有风味在心头。没去过的人是感受不到的。"

美登利天天在这种环境之中成长,自然是耳濡目染,感到一切都理所当然。她根本不觉得男人有什么,也不觉得做妓女是卑贱的生活。之前姐姐离开故乡时,还眼含热泪送别,如今想来往事如烟如梦,现在反倒羡慕姐姐这么红,能够顺自己心意照顾父母。

她哪里知道姐姐每天有多少不为人知的心酸与苦楚,有时候为了让情人来要学老鼠叫的咒法,要掌握送客人走的时候在人背后敲打的力度火候等等,美登利听来甚是有趣,甚至在街上跟小伙伴们说花街的暗语也不觉得害臊。

说起来这姑娘也是挺悲哀的,只有十四岁,当她抱着洋娃娃亲的时候,那种天真可爱和贵族小姐们没有区别,可她只有在学校里才会学习修身和家政这些课程。离开学校的时候,每天看在眼里的都是情情爱爱的风流传说,或是炫耀衣裳，或是夸耀寝具，还有那些妓院里面的心机城府。耳濡目染之下，美登利自然觉得奢侈才是好的，寒酸就是惨。她小小年纪早已分不出什么黑白好坏，只认得眼前锦绣华丽的世界，况且天性好强，自然更是一日一日成长为浮夸的女子。

清晨时分，这条人称疯子胡同、昏聩胡同的大街在昼伏夜出的客人走后也逐渐苏醒过来。家家户户开始出来打扫门口，地上出现扫帚扫过的波浪形痕迹。此时若是向大街眺望，就会看到一群群民间艺人出现在花街上。有敲锣打鼓叫卖糖果的，有耍练把式的，有操纵木偶戏的，还有跳大神乐舞、住吉舞的，和舞狮子的。他们是住在万年街、山伏街、新谷街一带贫民区的住户，每个人都或多或少有些技艺，也算是艺人了。

装束上也千姿百态：有的穿着绉绸、薄纱之类的漂亮衣服；有的却穿着褪了色的萨摩飞白夏衣，系着黑缎窄腰带。其中也不乏俊男美女，有些五人一队，有些八个人、十个人一伙的，也有瘦削的老头子一个人单独抱着三弦演奏的。有时候还能看见五六岁的女孩子手上系着红色带子，跳着纪之国舞蹈来讨钱的。他们是表演给逗留在花街的客人和妓女们的，逗他们开心，帮他们解闷赚点银子。他们心里门儿清，只要进入花街卖艺，肯定有银子可以赚，这么好的行当有些人一辈子都不愿意换，他们也不把附近街道上那些居民的微薄赏钱看在眼里，就连衣着破烂的乞丐也不会停下脚步，径直往花街走去。

有个有才有貌的卖唱女子，拉得一手好三弦，嗓子也好，常常戴着草帽，犹抱琵琶半遮面地露出娇艳的脸颊路过大街。

文具店的老板娘一见她就感慨："真气人！我们都听不到她在这儿唱歌！"

晨间洗完澡的美登利正好坐在文具店门口观看路人来来往往，听了老板娘的话，把垂下来的前额头发用黄杨小梳子往上一拢，说："阿姨，就让我去请她过来唱吧！"

说完飞奔而去，拉住卖唱女子的衣袖。

虽然美登利微笑不语，没有告诉大家她给了卖唱的什么东西,不过那个女子唱了一曲大家喜欢的《明鸟》,唱完还娇柔地说:"感谢这位姑娘的打赏。"看来美登利是花了大价钱。围观听曲子的路人们啧啧称叹:"这是一般孩子能做的事吗?"大家反而不去看卖唱女,都盯着美登利瞧了起来。

这时正太郎过来了,美登利就悄悄对他说:"我还想把路过的艺人全都叫过来,让他们一块弹奏三弦、吹笛、打鼓,好生热闹一番,一起跳舞唱歌,这才有意思呢!我这个人,就是要做别人做不出来的事才开心!"

正太郎听了,目瞪口呆:"我可不喜欢这样。"

# 九

"如是我闻,……"

龙华寺中,《佛说阿弥陀经》的念诵声伴随着松林呼啸之风,吹拂着听闻者心中的尘埃与烦恼。

寺庙后院的厨房此刻却升腾起烤鱼味儿的青烟。墓地里,晒满了婴儿的尿布。

这些虽说不违背佛门的宗旨,但在那些认为僧侣应该六根清净的人看来,终归有失体统。

龙华寺的方丈身家日隆,身材也是逐渐发福。他大腹便便,脸上容光焕发,气色甚佳,泛着一种既不像樱花,也不似桃花的红光,从剃光了的头顶起,面孔以及脖颈上俱是一片红彤彤,光彩照人,毫无一点黑印斑痕。他耸起花白的浓眉毛放声大笑之时，真让人担心大殿上的如来佛都会被他的笑声惊动，一不小心从正座上跌落下来。

这位方丈的太太四十刚出头，皮肤很白，头发不多，头上梳了个小圆髻，模样儿也不难看，为人处世端庄周到，对待香客们热情有加，就连寺门口卖花铺子的那位刻薄婆娘，也挑不出什么说她的坏话，这必然也是平日里没少受到这位太太的小恩小惠，比如分些旧衣服呀，给一些吃不完的瓜果蔬菜之类。

这女人原本是龙华寺的信众，年纪轻轻的死了丈夫，孤苦伶仃的，就央求方丈让她暂时居住在寺里，平时帮忙做些针线活，只求有口饭吃，每天辛勤地洗衣做饭不说，还帮男人们照看香火，打理墓地。大和尚见她实在勤快，是个本分人，多少生出些怜悯的情意，暗暗看中了她。

女人也知两人年纪相差二十岁，并不相配，说起来不算光彩，可是想到自己也是无家可归之人，委身于此算是有个维持下半辈子的好地方，也就管不了别人议论不议论了。

此事当然令许多信众感到不体面,但见这女人心肠挺好,身世可怜,也便没有多加指责。女人怀上长女阿花时,信众里头有一个出了名的好事者,那位坂本油坊退休的老头,热心肠地提出给他们做媒人,好让他们名正言顺地做夫妻。

女人生下一女一男,信如便是其中的弟弟。两姐弟的性情截然不同,信如是天生的倔脾气,性情内敛,整天只待在房中少言寡语。而姐姐阿花却是个长得可爱的姑娘,细皮嫩肉的,还有柔软的双下巴,虽算不得美人儿,却也正值妙龄,人缘也好,有一些嘴贱之人觉得这么个可人儿关在寺里太可惜了,该去做那一行。不过你若说让一个佛门出生的姑娘去青楼,那在释迦牟尼佛弹三弦的末法乱世还能说说,现如今的和尚们还是要脸的。

龙华寺的方丈在田町的马路边上置下一间还算雅致的茶铺,让女儿坐在账房里招呼客人。这家茶铺里,总有手头松的散漫青年人有事没事过来坐,络绎不绝,坐在店里谈笑风生,看看阿花。每晚,总要过了十二点之后才会人去楼空。

老方丈的日常十分忙碌，又要讨账，又要照顾茶铺，还要时不时做各种法事，每月还有固定的几天要讲经。这又看账又念经的，感慨这样下去身体可经不住。

一到傍晚，老方丈就让太太在廊檐下铺好花草席，敞开半边肩膀，盘膝而坐，手摇团扇，用大杯子大口大口地饮烧酒，吃着烤鳗鱼做下酒菜，而且指定要前街武藏屋卖的肥大鳗鱼，而这个时候，负责给父亲跑腿的就是信如了。

信如心中是一万个不愿意，满满的委屈，走在路上都不敢抬头，听见斜对门文具铺子里有小孩的声音，就会想象人家是不是在嘲笑自己，心中就会十分难受。

每次，他都装作漫不经心地从鳗鱼店门口路过，左看右看，发现四下没人注意的时候，才急忙奔进店里。这种滋味，真是难以言喻的憋屈。

每当此时，信如便在心中发誓："我这辈子绝不吃荤！"

老和尚父亲是个处世极圆滑之人,纵然有风评说他贪婪,但他也不是个在乎闲言碎语的人,只要有空,就连做福神竹耙这种事也想当副业。

每到冬月酉日,老和尚就会在寺院门前的空地摆摊,卖些头簪。他让妻子头上包个头巾,大声吆喝:"走过路过莫错过,吉祥如意在这里。"和尚老婆一开始还觉得难为情,但后来听说不是生意人的邻居也是摆摊子赚了不少钱后,就自己嘀咕:"这种热闹的场合,谁会想到自己在摆摊,等天色暗了,更加不显眼。有什么好慌张。"

于是她白天会请花店的婆娘来帮忙看管,天一黑就亲自看摊子叫卖。小摊子的生意做多了,在利益之前滋生的贪心,渐渐将那羞耻感抛诸脑后,早已习惯了大喊大叫:"实惠咯!实惠咯!你买了不吃亏,你买了有吉祥呐!"

买的人也是在人堆里挤得头晕眼花,早已忘记来的这地方,是前几日来求今生来世让佛祖保佑的寺门,也开始讨价还价起来。

卖的喊:"三支簪子七分五毛你看如何?"

买的喊:"五支三分钱就买!"

这个世道,大家偷偷赚钱的买卖不在少数。

信如却为此事伤透了脑筋,他很是看不惯家里人这样。

就算没有传到信众们的耳朵里,左邻右舍又会怎么看自己?又担心小孩们中间会不会在传说"龙华寺门口摆摊卖簪子,阿信的娘在那里大喊大叫"。一想到这些,他就觉羞耻不已。

他也曾劝阻父母道:"这种事还是不要做比较好吧。"

大和尚哈哈大笑,不屑道:"你少多嘴,你少多嘴。小孩子家懂什么。"完全不当一回事。

和尚早上念经,晚上查账,手里握着算盘,乐得合不拢嘴的样子,虽是自己的父亲,信如也觉得他太下贱了,真恨他为什么还要剃发当和尚。

信如生在这么一个家庭和睦、全家团圆的环境中,按理说不应该有如此阴沉的性格。可是他天性忠厚温润,而家人的做法都与之内心相违背,心中不免感到烦闷。他觉得父亲的行事作风、母亲的行为、姐姐所受的安排,都不正确,可是说了也没什么用,家里人都不会听他劝告。所以他也灰心丧气,自然感到郁郁不快,同学们不知内情,只是认为他这个人性情古怪,不知道他其实是个内心忧郁细腻而又脆弱的孩子。

如果有人说他坏话,他也没有冲上去和人打架辩解的勇气,只会躲在自己的屋中。虽然性格胆怯,可是他在学校里成绩好,又是方丈的儿子,所以也没人招惹,更不知道他的怯弱。有些讨厌他的孩子在背后说:"龙华寺的藤本就像块半生不熟的年糕,外面软乎乎,里面硬邦邦。"

## 十

庙会那晚,信如去田街给姐姐帮忙去了,很晚才回去,万万没想到文具店发生了打架的事情。第二天,当他从丑松、文治等人的嘴里得知事情的始末之后,诧异长吉竟会如此野蛮粗鲁。可是事情既然已经发生了,现在骂他也迟了。他埋怨长吉借用了他的名号去惹事,如此一来,即便自己没有参与,也相当于间接做了帮凶。一想到有人因此挨打,他心里实在感到愧疚。

长吉也自知做错,怕被信如骂,一直不敢来找信如。直到过了三四天之后,暗自揣测信如应该气消了,才过来跟他道歉:"信如兄,你别还在生我气吧?那天晚上大家都在气头上,下手是没轻没重了,你就原谅我们吧。我没想到正太郎不在其中，本来也没想招惹那个黄毛丫头的，可是既然大家伙提着灯笼冲进去了，也不能白去一趟吧？为了撑面子，这才打了三五郎一顿，这件事的确不厚道，做得非常蠢，是我不对，我没听你的话。如果你也生我气，那我真的不知道怎么办了。我求求你，你愿意也好，不愿意也好，就当我们这帮人的老大吧！我保证以后不乱来了！"

信如看长吉一脸愧疚地赔罪，也不好意思推辞，于是说："真拿你没办法，既然如此那就做吧！不过，你干吗要跟三五郎和美登利打架呢，欺负比我们弱小之人，这是一种耻辱。如果正太郎要逞凶，叫人来打我们，我们就跟他打，我们这边可不要挑衅惹事！"信如反复劝说，只希望长吉他们不要再打架了。

最惨的还是小胡同的三五郎，无端挨了一顿打，疼得好几天走路都浑身难受。晚上他爹让他把空车送到五十轩的菜馆子去时，就连认识他的菜馆厨师都看出了问题，问他："三五郎你还好吗？怎么看你很不对劲啊！"

三五郎的爹,人送外号"弯腰铁汉",从来对身份高的人都是弯腰点头,别说是花街中的那些老爷,就是房东和地主们胡说八道,他也一味承受,点头哈腰,从来不敢说个"不"字。三五郎知道要是他告诉爹是长吉打了他,他爹肯定会训斥他,还要让他去给长吉赔不是,说这个混账儿子不懂事,尽惹麻烦之类的。所以三五郎忍气吞声,打碎了牙往肚子里咽,什么也不说。就这么忍了十来天,身上的疼痛也慢慢散去,他也就慢慢将这件事忘却了。为了多赚点银两,打起精神欢欣雀跃地给房东带孩子去了,他背着小娃娃四处走,嘴里还哄唱着:"小宝宝乖,小宝宝睡觉觉咯……"

三五郎今年也已经十六岁了,这个年纪的男孩子通常都爱面子,可是三五郎这么大个子背着个小娃娃走来走去,走在大街上也不难为情,有时候碰到美登利和正人郎,难免被取笑一番。

"你怎么这么没志气呢?"

说归说,他们还是把他当作很好的朋友。

经历春天观赏夜樱，夏天挂玉菊，秋天的仁和贺戏，四季变换，而这条街始终喧嚣热闹，门前这条大街，十分钟不到就有七十五辆车来来往往。

一转眼，在仁和贺戏结束的季节之后，红蜻蜓已经在田里飞舞，鹌鹑们在花街水沟旁叫唤。自此之后，秋风萧瑟，早晚凉风袭人，上清店的蚊香也开始被怀炉炭火取代。石桥附近的田村磨坊传来磨粉的声音，都仿佛透着丝丝哀愁。在花街拐角的海老钟楼，大时钟的响声也透着莫名的冷清。位于东京市郊的日暮里发出一年四季都不间断的火光，那是人死后焚烧发出的火光，不禁让人看到就会感到伤感与凄凉；走过茶楼后的小路，后楼传来幽怨的三弦声，使人不禁驻足倾听。

原来是仲之街的艺妓在展示自己的技艺，弹唱小曲：

*同枕共眠岁难长，但愿痴心留心上……*

这本是稀松平常的曲子，然而不知为何却充满了深深忧愁。有一位妓女出身的女子曾说，这个季节之后，到花街来的客人，就不是那些浪荡玩乐的花花公子了，而是那些有情有义的痴情人。

此人的话也并非空穴来风，就如近来风闻一时的那件事：大音寺前大街有个靠按摩维持生计的盲女，年约二十，却因无法承受苦恋的煎熬，怨恨自己残疾的身体，而想不开投入水谷池而死。

有人就问蔬菜店的吉五郎，问他怎么木匠太吉最近突然没了踪影，吉五郎就指着自己的鼻子说："就是因为这情爱之事啊……"此事后来也无人提起了。只见三四个天真无邪的小孩牵着手在大街上随口唱着歌：

"开花呀，开花呀，到底是什么花儿开了花……"一切波澜重归宁静，只有那花街上的车来车往，依然年年岁岁不歇息。

秋雨延绵的清冷之夜，雨势时大时小，文具店的老板眼看没什么生意了，一早就关了门。美登利和正太郎依旧闲来无事聚在店里，此外还有两三个孩子，大家一起玩着弹海螺的游戏。美登利忽然听到了什么："哎哟，好像有人来买东西了，我听见有人踩踏沟板的声音了！"

正太郎正在数着扁了的海螺壳，听到美登利的话停了下来，兴奋地说："是吗？我怎么什么也没听到。是不是我们的小伙伴来了？"

他走到门口细细聆听，可是脚步声却忽然消失了，此后就再也没有了动静。

# 十一

正太郎打开小门,探出头大喊了一声"喂!"外面有个人已经走到了隔着两三户人家的屋檐下了。

"谁在外面呀?快进来!"美登利不顾外面下着雨,提着木屐就要跑出去。

"额……好像是那家伙!"正太郎认出了那个人,回头对美登利说,"美登利,别喊他了,你喊他进来他也不会来的,是那个家伙啦!"说着拿手在头顶做了个光头的手势。

"是信如吗?"美登利随口问了一句,随即又说,"原来是那个讨厌的小和尚呀!肯定是来买毛笔之类的,一听见我们说话的声音就开溜了,这个臭家伙,讨厌鬼,阴阳怪气，三句话放不出一个屁！说话又结巴，牙齿又缺，讨厌死他了！他要是敢进来，我们非得好好收拾一下这小子！真可惜，让他逃走了。阿正，借我木屐，我出去看看。"

美登利跟正太郎换了位置，伸出脑袋向外探望。屋檐下滴落的水珠正好落在了美登利的前额头发上。

"哎哟，好凉！"

美登利缩了缩脖子，看着信如走过四五户人家，在煤气灯下打着雨伞，低着头漫不经心地走着。美登利目送着信如的背影，良久没有回过神来。

"美登利，你没事吧？"正太郎觉得莫名其妙，推了一下美登利的后背。

"没事。"美登利有气无力地回答，又回到屋里数起了扁螺壳，嘴里开始骂骂咧咧，"真是一个讨人厌的小和尚！这个家伙平时看起来知书达理的，好像不会在人面前做坏事，其实性情古怪得很！实在气人，我娘说心直口快的人都心善，像他那种闷声不响、阴沉不定的家伙才最可怕，肯定不是好东西。你说是不是，阿正？"美登利又开始没完没了地说信如的坏话了。

正太郎却一本正经地模仿大人的口气说："龙华寺的那家伙还是讲道理的，可不比那个长吉，那家伙才是……"

"拉倒吧，阿正！你别学大人说话，笑死人了。"

美登利用指头戳了一下正太郎的脸颊说："瞧你这副假正经的死相！"她边说边笑，笑得前俯后仰，好不开心。

"有什么好笑的？再过几年我也是大人了呀！到时候我就会像蒲田屋的老板那样穿上大袖子外套，再跟外婆拿来替我珍藏多年的金怀表，戴上金戒指，叼着烟，鞋子穿什么好呢？反正我不喜欢穿木屐，就穿那种有三层底、有闪缎趾襻儿的雪驮吧。这样一身穿下来，肯定倍儿有面！"

听正太郎这么一说，美登利更是觉得好笑，笑着调侃他说："就你这个小身板，穿上大袖子外套，还要穿雪驮？哎哟喂，那可真是人模狗样，不知道多有意思了！简直就像方眼药瓶子成精会走路一样。"

"乱讲！过几年我也会长高的好吗？怎么可能一辈子都这么矮。"正太郎信心满满地说。

"鬼知道要到什么时候才会长高！你看天花板上有一只老鼠在笑话你呢！"美登利用手指着天花板说，惹得老板娘和其他孩子哄堂大笑。正太郎却还是一脸镇定，转动着黑溜溜的大眼珠说：

"美登利哟，你当我在说笑呢，我这可是认真的哦。没有一个小孩不会长大的，将来我也会娶老婆，娶一个漂亮的老婆，带出来兜风闲逛。总而言之，我就是喜欢漂亮的。要是外婆给我娶个像烤饼铺的大麻子阿福，或者劈柴铺的锛儿头那样的媳妇，我二话不说就赶出去，门都不让进来。我最反感有麻子和湿疮的女人了！"最后这句话，正太郎还格外加重了语气。

老板娘忍不住放声大笑，说："那你为什么还来我店里玩呢，你没看到我脸上也有麻子吗？"

"那不一样，您上了年纪，我说的是娶媳妇，这是两回事。"

"哟哟哟，那是我说错话咯。"老板娘调侃着继续说，"咱们这条街呀，长得好看的姑娘就要数花店的阿六和水果店的阿喜咯，不过还有一个比她俩都漂亮的，就坐在你的身边呢，那你到底打算娶哪个呀？你是喜欢阿六那双水灵灵的大眼睛呢，还是阿喜那清脆的好嗓音呢？说说看，到底是哪一个呀？"

正太郎被这么一问，一下羞红了脸，说："别乱说！阿六、阿喜什么的，有什么好的？我才不喜欢呢。"

说着他离开了吊灯下，走到了墙壁前。

"那就是说，你只喜欢美登利咯？看来你已经决定了？"

"你问太多啦，这种事我怎么知道？"

正太郎背对着大家，用手敲打着墙腰糊纸，小声唱起歌来：

水车,转起来吧

转起来吧,水车……

　　这边厢,美登利正把大家的扁螺壳集中在一起,对大家说:"咱们再玩一次吧!"
　　她倒是一点儿也没脸红。

# 十二

信如每次从家里去田街找姐姐,都喜欢从堤坝旁边的近路走。当然也不是非走这条路不可,只是堤坝前有一扇简单的格子门,门中的庭院中央安设着鞍马石造的灯笼,胡枝子编的篱笆,都很有趣,屋檐下卷起来的竹帘子也相当雅致,犹如当代版的按察使夫人正在嵌了玻璃的窗户中数着念珠,而剪短了头发的若紫[1]会从里面娉婷走出。

其实,这里就是大黑屋的别院。

如今秋雨不歇,淫雨霏霏。信如的母亲做完了田街的女儿让她做的冬衣,爱女心切想让女儿早点穿上,就让信

---

[1] 若紫:《源氏物语》人物。

如跑一趟,把衣服送到姐姐那儿去。

信如向来孝顺,对娘的话都是言听计从,满口答应下来,就带着包袱,连忙穿上小仓灰布趾襻儿的厚底木屐,撑着雨伞出了门。

他从铁浆沟旁边拐了弯,沿着常走的那条小路赶去。正巧走到大黑屋前时,莫名吹来一阵狂风,信如使劲想抓住雨伞,可是风大得差点把他也一并刮飞。信如脚上用力想站稳,结果本以为结实的木屐趾襻儿突然断了,这可比伞飞了还麻烦。

信如有些懊恼地咂巴着嘴,无奈地把雨伞置靠在大黑屋的门边,自己躲在挡雨的屋檐下开始修理趾襻儿。

不过这位养尊处优的佛门公子哥哪会这种活计,心里着急,手上更是笨拙,翻来覆去弄不好。信如心情烦躁,从袖子里掏出一张作文纸,撕成了一条一条来做捻纸绳。可是又一阵狂风袭来,放在门边的雨伞也被狂风吹得乱窜。

"可恶啊!"信如骂道。他伸手去抓雨伞,结果放在膝盖上的包袱反而掉进了泥地里，自己衣服的袖子也弄得满是泥泞。

下雨天没伞已经够惨了，现在又弄断了木屐的趾襻儿，真是福无双至祸不单行。

美登利在家里隔着玻璃远远望见这情形，就对娘说："那个……娘呀，那边有个人的趾襻儿断了。娘，我给他拿点布去帮忙好不好？"

说完就从针线盒里找出一条友禅绸缎，赶紧穿上院子里放着的木屐，拿起廊沿上的一把洋伞，还没撑开就踏着庭石一路小跑而去。一看到门口的人是信如，美登利瞬间就脸红了，像是遇到了什么不寻常的事，心开始怦怦怦地跳个不停，她生怕被谁瞧见自己的模样，怯怯地、小心翼翼地靠近格子门。

信如此刻恰好回头，一看是美登利，也是一声不吭，身上却开始出汗，恨不得马上拔腿就跑。

按照美登利向来的脾气，按理说看到信如此时的狼狈样，必然会捧腹大笑，说："看你这倒霉样，哈哈！"不仅笑得直不起腰,还要借机发泄一下心中的怒气:"你这个卑劣的家伙!庙会那天晚上,你借口说要教训正太郎,找一帮人过来寻事,无缘无故把三五郎打了一顿,自己却躲在后面出谋划策。嘿!坦白向我道歉吧!知道是你让长吉骂我是臭婊子的,婊子又如何?我有影响你什么吗?我有爹娘疼爱,还有大黑屋的老板和姐姐照顾,哪里轮得到你这个酒肉和尚来教训我!你凭什么骂我?有种当面对我说,不要在背后说三道四,有本事就冲着我来,我才不怕你呢!"

美登利本来的性子就该抓着信如的袖子,咄咄逼人地对他说出这番话的。可是此刻的她,却沉默着躲在门后边,心情游移不定,既没有离开,也没有上前,心乱跳,扑通扑通的,一点也不像平常的她了。

# 十三

信如走到大黑屋门口的时候，心里就开始紧张起来，只想着赶紧离开。可是事情来得不巧，遇到下雨又刮风，偏偏又在这个地方踩断了木屐趾襻儿，只能蹲在大黑屋前修理起来。当背后传来踩踏庭院石头的脚步声时，他心中更是慌张失措，想也不用想，来人肯定是美登利。信如好像被浇了一盆凉水在头上，只觉得全身颤抖，脸色也白了。虽然背着身子装作一心一意在修理趾襻儿的样子，但他心中已经一团乱麻，又是急切又是紧张，双手也愈加不听使唤，弄得一团糟。

院子里的美登利伸出头来偷偷观察信如，看到他着急的样子，心里比他还要着急：哎呀，怎么这么笨，这样怎么修得好？纸绳捻得松松垮垮，用稻草芯卡趾襻儿也不管用啊，一下就又断了。哎呀，外褂的下摆都在地上弄脏了，他都没发现吗？啊，雨伞又被风吹走了，你倒是先收起来呀！

信如的一举一动看在眼里，她只觉得他笨死了，可又不敢上前说。她只是愣在那里，任凭身上被雨水打湿，藏在格子门后边小心翼翼地望着信如，不敢伸手把绸条递给他去做趾襻儿。

美登利的娘哪里知道女儿的心思，于是在屋里大声地喊着美登利："熨斗的火生好了，美登利你干吗呢？下雨天可不要在外面玩！像上回那样感冒了怎么办？"

美登利大声回应："晓得了，马上回来！"

随即又担心被信如听见，脸上顿时绯红发热，心又开始不停乱跳。开门见信如，不好意思；不开门回去，于心不忍。她思来想去，手足无措。最后终于还是想出了一个法子，从格子门的缝隙中悄悄地把绸条塞了过去。信如头也没回，装作没看见的样子。

"这个人怎么老这样啊！真是狼心狗肺，无情无义！"美登利心中难过，失望地望着信如的背影，眼泪都要掉下来了。她心想："你干吗呀！？为什么要讨厌我，总是摆出一副冷酷的样子给我看。要讨厌也是我来讨厌你，你凭什么讨厌我呀！你真是太过分了！"

美登利心里发酸，眼泪在眼眶里打转。

她娘在不停喊着女儿，弄得美登利心里烦躁却也无可奈何，只能一步步往回走，心想："得了，他都这样了，我还留恋什么呢！我到底是怎么了？要是让别人瞧见现在这样子非要被人笑话不可。羞死人！"

一想到这，美登利就立即转身，头也不回地踩着庭院石头，一溜烟跑回了屋子。

这个时候，信如才怅然若失地回头，看到了脚边有一块被雨水打湿的红色的友禅绸条，如同一片美丽的红叶一般。他不由感到心动，可却没有伸手去拾起，只是出神地望着绸条，心中涌起一股莫名的哀伤。他对自己的笨手笨脚感到失望，干脆解下了外褂上的长带子，也不管好看不好看了，胡乱绕了一圈把木屐捆绑好，抬起脚勉强能走，可是很难受。难道要穿这种木屐到田街去？这可够难受的。他感到为难，可是又觉得别无他法，只得夹起包袱，再次上路。可是才刚走了没两步，那条红色的友禅绸条就在眼前挥散不去，他转过头，恋恋不舍地盯着那绸条看。

正当他看得忘我的时候，忽然听到有人喊他：

"信如哥！你咋的啦？是木屐的趾襻儿断了吗？这是什么呀，真难看！"

信如惊讶地回头，看到了那个小流氓长吉。他大概是刚从花街回来的，夏衣上套了一件唐栈衣，一如往常把橘色的三尺带子系在腰下，还穿了一件黑八丈衣领的崭新的外褂，手里撑着印了字号的雨伞，连高齿木屐的皮盖恐怕也是今天才换的，上面涂上了鲜艳的漆色，这一身打扮显然长吉也很满意，一副春风得意的样子。

"趾襻儿断了，真不知道怎么办才好，正烦着呢。"信如见到长吉，有些丧气地说。

"就说嘛，你哪会修趾襻儿啊，你就穿我的鞋吧，我的趾襻儿结实得很。"

"那你呢?"

"我？没事,我习惯光脚走路了,就这样。"

长吉说着就把夏衣下摆夹在了腰带里,说:"这可比穿你修的木屐要自在舒服多了!"

说完就麻溜地脱下了脚上的木屐。

"你打算光着脚回去吗？那多不好!"信如过意不去。

"没事没事!我都习惯了,你的脚底板细皮嫩肉的,可没办法光着脚走石子路,别婆婆妈妈的啦,赶紧穿上吧!走起!"

长吉亲自把自己的木屐摆在信如的脚前。

这个长吉,在别人眼里是瘟神,是恶鬼,可是在信如面前,却如此亲切又仗义,他扬起毛虫般厚的粗眉毛,用温和的语气说话,与平时判若两人。

"你的木屐我给你带回去吧,丢你家厨房就行了吧。你快穿我的吧,把你的木屐给我!"

长吉和善地关心道,伸手捡起了信如断了趾襻儿的木屐，说："那就再见了，信如哥，学校见吧！"

于是两人就此分别，信如前往田街姐姐家，长吉回自己的家，各自往相反的方向走去；唯有那块红友禅绸条，孤单单地留在格子门外的泥地上，落寞又哀怨。

## 十四

这一年的冬天,有三个酉日,"二酉"因下雨取消了,但"三酉"前后几天倒是难得的好天气。大鸟神社一带熙熙攘攘,水泄不通,年轻人们说是参拜神社,纷纷从健康检查所的大门三五成群地冲进花街里来,花街里每条胡同都有人嬉笑打闹,那动静似要惊天动地。

仲之街可谓人山人海,行人鱼贯而入,络绎不绝,里面的人都分不清东西南北了。

角街、京街等街道的吊桥上,人群也是川流不息,只听到"嘿哟嘿哟"的船夫号子声此起彼伏。另外,河岸边的小妓馆门前也传来莺声燕语的拉客声,配上大妓院传来的弦乐与歌声,真是令经历此情此景的人记忆深刻,难以忘怀。

这天,正太郎也跟外婆请了假,不用去收利钱。他来到三五郎摆摊卖白薯的地方,又去丸子铺那个傻大个摆的豆沙汤摊子瞧了瞧。

他问傻大个:"生意怎么样啊?"

傻大个一见他,就好像看到了救星,连忙拉住他说:"阿正啊,你来得正好!我的豆沙汤卖完了,正愁怎么办呢!小豆倒是在煮了,可是也来不及呀!总不能让客人吃不到东西又走了吧!"

"你还真是够傻的,没看到大锅边上粘着那么多豆沙吗?你用开水冲一下,多加点儿白糖,应付十几二十个客人还不够吗?其他做买卖的也是这样的,不只是你们一家,现在这一团乱麻的时候谁还会管味道好坏。就这么做吧,放心!"

正太郎一边说,一边亲自把白糖罐拿了过来。

傻大个瞎了一只眼的老娘不由大吃一惊,赞不绝口:"小伙子真是天生做生意的料啊!这脑子怎么这么机灵！"

"这有什么呀！刚才小胡同豆沙汤铺的豆沙不够了，我看他们就是这么搞的，这可不是我想出来的方法。"

正太郎如此解释之后，又问傻大个："你看到美登利去哪了吗？我从早上就到处找她，可是都没看到她。文具店老板娘也不知道她去哪儿了，难道去她姐姐那儿了？"

"啊，你说美登利吗？她刚经过这儿，从扬屋街的吊桥上花街去了。阿正，她今天打扮得可好看了！头上梳了一个高高的岛田髻哟！"

傻大个一边比画着样子，在自己头上摆出了一个浮夸的造型，一边还擦着鼻涕说：

"哎哟，那个姑娘真是好看，真是好看呀！"

"是呀，她比大卷姐姐还好看。可是，将来她要是当了妓女，就太可怜啦！"正太郎颓唐地低下头。

"那就更好啦！她要是当了妓女，那我明年就开一家做季节生意的店，多赚些钱，赚够钱了我就可以去嫖她啦！"

傻子就是傻子,说话不经脑子。

"瞎说什么呢!就你这样,人家会理你才怪!"

"嗯?凭什么?凭什么呀?"

"什么跟什么呀,自己什么样心里没点数吗?"

正太郎脸红了,笑着说:"我过去溜达溜达。"说完就一溜烟走了。

他一边走一边哼唱着最近花街流行的小曲:

十六七岁呀,爹疼娘爱

如同蝴蝶自在,如同花儿灿烂

……


唱着唱着,他开始不停哼唱着最后几句:

成年之后到妓院呀

酸楚苦痛一把泪呀

正太郎穿着雪驮，伴随着哼啦哼啦的脚步声，混入了拥挤的人群中，他那小小的身影立刻不见影踪。

正太郎在人群拥挤之中前进，不知不觉来到了花街的拐角，恰好看到大黑屋的美登利和妓院的姨娘阿妻牵着手说着话，正迎面走来。

今天的美登利确实如傻大个所说，梳了鲜艳华丽的大岛田髻，发髻中间还淡然地系了一条花绸缎带子，在髻尾的地方插上了一根玳瑁簪子，带着花穗子，耀眼美丽。她娇羞着走路的样子，比平常看起来要好看好多倍，正太郎觉得她仿佛是京都的人偶一样精致可人，不由看得瞠目结舌，停下了脚步，凝神观望。

美登利看见了正太郎，喊道："阿正，你来了呀！"一下跑到他面前，回头对阿妻姨娘说："阿妻姨娘，您不是还要去买东西吗，我们就在这儿分开吧。我晚点跟正太郎一起回家！"

说完就作揖告辞了。

"哎哟喂，我的小美，你可真是见风使舵啊，现在又不用我来送你了啊。那好吧,我去京街买点东西。"

阿妻说完,就消失在下等妓楼的小胡同了。

正太郎这时候才拉拉美登利的袖子说:

"你今天可真好看呀!什么时候梳的新发型?今天早上还是昨天?怎么也没早点让我看看呢?"

他的语气中带着埋怨的责怪,又有一种恃宠而骄的感觉。

美登利却垂头丧气,过了好久才委屈巴巴地说:"早上在姐姐的房间里梳妆的。可是你不知道,其实我打心底不愿意!实在违拗不过。"

美登利说完,深深地低首不语。看她的窘迫样子,似乎被路人看着都觉得害臊。

## 十五

美登利有了一些难言之隐,心中总是感到烦忧、羞耻、难受,每当有人夸她好看,都觉得是在奚落自己。

路人们看到她的岛田髻吸引人,总是不断回头看她,她心里却觉得是在笑话她,对正太郎说:"阿正,我要回家啦!"

"今天怎么不出去玩了?是被人说了什么吗?还是跟大卷姐姐吵架了?"正太郎直白地问。美登利一听,也不知道如何回答是好,只是脸上一阵阵发红。

当他们肩并肩一起走过傻大个的豆沙汤摊子时,傻大个大声起哄道:"哟,瞧这两人多黏糊啊!"

美登利一下就拉下了脸,对正太郎说:"阿正,你别跟我走在一块儿了!"说完就丢下正太郎自己往前走了。

正太郎感到莫名其妙,本来两人早就约好今天一块儿去参拜大鸟神社的,怎么突然她就反悔自己回家去了?

"你怎么不跟我一块去了?为什么突然要回家?你也太奇怪了!"正太郎还是像平常那样用那种暧昧的语气说。美登利没有理会他,继续朝家里走。正太郎虽然觉得有些意外,今天的美登利真的很奇怪,可是发了一阵愣,还是马上跟了上去,拉住美登利的衣袖问:

"美登利,你怎么了?"

美登利的脸还是红红的,只是回复:"没怎么呀!"但一听她的语气,就知道肯定有问题。

一到别院门口,美登利一句话也没说就一直往里跑去。

正太郎也是这里的常客了,就没有多虑,直接跟着她从廊沿悄悄走进屋里去了。

美登利的娘一见正太郎过来,就高兴地说:"哎呀!这不是阿正嘛,你来得正好,美登利从早上起一直闹脾气,大家都觉得无可奈何,头疼得很。你是好孩子,过来陪陪她吧!"

正太郎装出一副大人般的腔调问:"是身体不舒服吗?"

"不是哦……"美登利的娘笑得有些奇怪,说,"没事,过几天就好了,我这个闺女就是任性惯了,平常跟你们这帮小朋友也没少吵架吧?真是个难相处的大小姐呀!"

她娘回头一看,美登利早已把被褥搬到了小房间,解开了衣服的带子,脱了上衣,脸朝下趴在了被褥上一声不吭。

正太郎轻手轻脚地靠近她的枕头边,问:"美登利,你到底怎么了?生病了还是哪里不舒服啊?你告诉我呀!"

美登利依旧不做回应,只是用袖子遮住脸,小声抽泣了起来。

她的碎刘海,还没习惯岛田髻的发型,垂在前额上,也被泪水打湿。

正太郎虽然隐隐约约地感到蹊跷，但他毕竟只是个小孩子，也不知道这个时候该怎么安慰，怎么劝说，心里惶惶不安，五味杂陈。

"你到底是怎么了呀？把我都搞得莫名其妙。我也没惹你吧，你怎么生这么大气？"正太郎盯着美登利的脸说，满是无奈。

美登利擦了擦眼泪说："阿正，我没有在生气。"

"那你这是怎么了？"

美登利被他这么一问，不知道怎么回答好了。女孩子的心思，怎么能告诉别人，多难为情呀，结果还没开口就已经脸红耳赤。

美登利虽然一声不吭，心中却感到失落冷清，这些感受是她当了这么多年女孩子都未曾有过的。她心想：如果可以一直躲在一间漆黑的房间里面不出去，不用说话，也不用见人，可以按着自己的性子生活该多好。这样，即使遇到什么烦心事，也省得有人来说三道四，问东问西，就没有那么烦心了。

可惜呀！如果可以一辈子当小孩子，和洋娃娃和纸娃娃做朋友，玩过家家就好了！烦死了！烦死了！我真不想长大！为什么一定要长大呢？回到七个月前，十个月前，或者一年以前的美登利多好呀！

美登利就像上了年纪的人一样胡思乱想，忘记了正太郎在一旁，此刻她只觉得正太郎在旁边说话都很讨厌，只要他一开口就会心烦气躁。

"阿正，你回去吧！拜托你了，走吧！你还留在这儿我可难受死了，你一说话我就头疼，跟你一说话我就发晕，我现在谁都不想见，你回去吧！"

正太郎感到匪夷所思，美登利从来不曾对他用这种口吻说过话，只觉得自己好像在深重的迷雾中找不到方向，感到手足无措，只好说："你今天真的很奇怪，说的话也都蛮不讲理。"

他装作淡定的样子，眼泪却已经开始在眼眶里打转。

美登利可管不了那么多，毫不留情地继续说："你赶紧走啦！快走！你再不走，以后朋友都没得做！讨不讨厌啊你!"

  正太郎一下站起来:"好,我走,我走。打扰你了,真是抱歉!"

  也没有心思跟在浴室看洗澡水的美登利母亲告别,正太郎就义无反顾地跑出了门。

## 十六

正太郎一阵猛跑,从拥挤的人群中穿梭而过,一鼓作气来到了文具店。

文具店里,刚收摊的三五郎带着弟弟妹妹们,正在店里满心欢喜地挑选东西,他用手拨弄肚兜里的铜板,弄出稀里哗啦的响动,得意扬扬地说:"弟弟妹妹们,你们想要什么随便拿,大哥我给你们买!"

看到正太郎过来,他忙不迭拉住正太郎说:"哎呀阿止,我刚才找你来着,今天我赚了不少,想吃什么我请客!"

"说什么呢?我还需要你请客,少在我面前装阔气!"

正太郎无来由地对三五郎发了一顿脾气,继而语气转好,声音低沉道:"我现在哪有心情吃东西!"

"怎么了你?跟人打架了吗?"三五郎把吃了一半的豆沙包放进怀里,装腔作势地说,"跟谁?是龙华寺的和尚还是那个长吉?在哪儿打的架?花街里还是神社前面?这次跟上回庙会那天可不同了,要是他们不背地偷袭,我是不会输的,我来帮你吧!我第一个冲上去!阿正,我们得有种跟他们正面好好打一架了!"

三五郎摩拳擦掌,摆出要干架的姿态。

"你知道什么呀就瞎喊!不是打架的事……"

正太郎说到这儿就闭上了嘴,他不好意思跟三五郎说是跟美登利闹别扭了。

"原来不是打架啊?我看你火急火燎跑进店里,脸色都不好了,还以为你是跟人打架了呢。不过,阿正呀,今天如果不跟他们打一架,以后也很难有机会了,长吉那小子,很快就要失去重要的左右手了。"

"啥?长吉为什么要失去左右手?"

"你没听说吗?龙华寺的方丈夫人和我爹说,信如要去什么和尚专门的进修学校读书了，穿上了和尚的法衣之后，就再也不能跟我们打架了。你说和尚那衣服松松垮垮的，怎么好卷起来打架呢。这下看来，到了明年，这里小胡同和大街上的孩子都得听你的咯！"

"得了吧！你这样的，长吉给你两个铜板你就跟那边了。有一百个像你这样的手下我都没什么好开心的，你爱帮谁帮谁，我不要什么人帮我，就想跟龙华寺的家伙单打独斗，可惜他就这么走了，以后也没法找他打一架了。之前不是说藤本要明年从这里毕业了才会去和尚的学校吗，怎么这么快就要走了？这家伙真没劲！"

正太郎随口说着，心里却没当一回事，现在唯一惦记的，就是美登利。

他心中烦闷，连唱歌的兴致也没了，尽管大街上人来人往，也只觉得落寞凄凉。晚上灯都点上了，他还一直待在文具店，黯然神伤，唉声叹气。

今天这个酉日真晦气！

自从那天之后，美登利好像变了一个人，除非有事去花街的姐姐那，否则再也不上街上玩了。

　　小伙伴们想念她，一再去找她，可是她每次都是答应了马上来，却最终还是没出来。就连以前关系那么好的正太郎，她也不再搭理了。见到人总是有些忸怩羞涩的样子，再也不复从前那种天真烂漫的爽朗感了。人们感到奇怪，怀疑她是不是生病了，她娘亲却意味深长地微笑着："短期现象而已，过一阵子就会好了，本性就会暴露出来了。"

　　不知内情的人怎么猜得出葫芦里卖的什么药？有人还夸呢，说这个孩子有了大姑娘的斯文温柔，也有人感到可惜，说这么可爱的小姑娘，如今变了。

　　大街小巷的阎闾之家纷纷熄灭了灯火之后，一下骤然冷清，阒寂无声，也听不到正太郎那清脆的嗓音了。每当夜色降临，人们总会在堤坝附近看到一个小小的身影提着一盏弓形灯笼，独自黯然走在路上。那是替外婆去收利钱的正太郎。偶尔还会听见三五郎在一旁陪伴，说话的滑稽腔调一如往常。

龙华寺的信如为了钻研本派的教义，即将出门求学，这消息却没有传到美登利的耳朵里。她将以往的爱恨情仇埋在心里，最近一直为那些烦心的事情感到神情恍惚，害臊羞耻。

　　一个霜冷的清晨，不知何人在大黑屋别院的格子门，悄悄塞进了一朵纸的水仙花。

　　美登利虽然猜不出是谁，却带着哀伤的心情将水仙花插在了架子上的小花瓶中，默默欣赏水仙花的清冷孤独。

　　后来，她从别人口中无意听说，原来在她捡到水仙花的第二天，信如就披上了法衣，离开了龙华寺，出去求学了。

# 暗樱
闇桜

爱恋之意，何时萌芽？
昨天她尚未意识到，
一旦发现自己早已心生情愫，
就越发难以抑制。

# 上

两户人家，隔着一层竹篱笆。
共用的井水，幽深清凉。
房檐下的梅花，一开两家香。
两家人是中村家，园田家。

园田家的主人前年离世，继承人是时年二十一岁的良之助，他是某所学校的走读生。

中村家只有一个女儿。本有个儿子，早已夭亡，如今只留下一个千金，视同掌上明珠，风吹来都担心发簪上的饰花散了，满心祈祷女儿能如仙鹤寿命千年，故取名"千代"。真是可怜天下父母心。

古谚云:"旃檀双叶见三四。"[1]

当千代日渐长大,人们都不禁期待早日看到她亭亭玉立之姿,如同春日远眺山笼雾,繁花沾雨开处处。她那花开的时节到底何时能到?

树叶婆娑,月影叠嶂,千代也到了惹人怜爱的十六岁,梳起了成熟的高发髻,上系扎染的蝴蝶结,若万绿丛之一点红,出类拔萃之美丽夺目。

人们纷纷谈论那个中村家的女孩,作为美人难免成为别人的谈资,也是无奈。


习惯这事,说来可笑。

曾经两人在北风之中放鹞子,嫌电线杆子碍事。可当良之助和千代见面的时候,总改不了儿时玩耍的心思。

如今他们的发型和神态都不复从前,可似乎并没意识到岁月的流淌,依然是"阿良""小千儿"这样亲昵地称

---

[1] 旃檀双叶见三四:比喻以小见大,三岁看老。

呼对方。谈笑之间，有时偶有拌嘴。

"你别来了！"

"我才不想来，不来就不来！"

吵着吵着，就开始赌气。结果隔天千代就来道歉："那个……昨天是我不对，以后不会对你这么任性了，原谅我好不好？"

千代这么一示软，就如春风融化冬冰。

"不不，是我不好。"

结果总是如此。

虽然自己没有妹妹，如果有，估计也会是这么可爱的人吧。

千代笑眯眯地拉着良之助的袖子，说："阿良，我昨晚做了个美梦。梦见你从学校毕业了，不知道做了什么工作，戴了好高的一顶帽子，坐在黑色马车上，住进了气派的别墅里呢。"

"听人说做梦都是相反的，还是保佑我出门别被马车撞了。"阿良说完哈哈大笑。

千代皱眉:"哼,这都是什么话,不过今天是周日,你还是哪儿也别去比较好……"

这话当然是迷信,跟她受过的现代教育不相符,不过这自然是真情流露的关心。


没有隔阂,两小无猜。

世事烦忧,不入心头。

两个少年人只是尽情欢快地生活,无忧无虑。


这天是春日二月中,又逢摩利支天的祭日,春寒未退,两人相约去赏梅,手挽手,暖心头。

"阿良,可别忘了我跟你约定的事哦。"

"嗯,放心吧,忘不了。那个……约定了什么事来着?"

"你可真是。出门前我还好说歹说拜托你了……"

"啊,对了,我想起来了。你想看卖菜七郎的西洋镜是吧?"

"啊？什么呀！"

"要不就是丹波国捉到的野外狗熊的事情吧？"

"你在说什么呀，算了我还是回家吧。"

"抱歉抱歉，我刚才故意开玩笑的。中村家的千代小姐吩咐的事，怎么可能是这些把戏。所以我良之助受拜托的是……"

"算了，我没心情了。"

"别生气，一边走路一边吵架，人家会笑话的。"

"都怪你，瞎扯什么呢。"

"我不是都跟你道歉了嘛，呀，光顾着拌嘴，都走过杂货摊了。"

"哎呀，那怎么办，不知前面还有没有？"

"这可说不准，刚才谁说什么都不要来着，那个人呢？"

"不要再提了嘛。"

吵吵闹闹，一路树木盎然，透着和谐美好。

"过来，在这边。"

一个招呼,另一个马上跑了过去。木屐踩在地上,发出踢踢踏踏的声音。

弹琴的盲女,今世是否仿如朝颜[1]晨露一般短暂而哀伤?

"吃点儿甜食吧。"招揽客人的呼喊声音也很甜,另一边是卖咸烧饼的,两边虽是竞争关系,却也相安无事,饶是有趣。

"小千,你看右边第二棵树。"

"哇,那红梅开得真美呀!"

两人看得入神。

忽然有人在千代背上敲了一下。

"中村!"

回头一看,原来是一群束发的年轻学生。

"哎哟,你们可真亲热呀!"

不知谁的嘴里冒出这么一句酸溜溜的话,随即就一溜

---

[1] 朝颜:早上开中午败的花。

烟跑开了，只留下他们的笑声回响在夜空中。

"小千，刚才那些人是谁？是你学校里的同学吗？真够没礼貌的！"

良之助有些怅然，低着头的千代却不由得羞赧起来。

## 中

爱恋之意，何时萌芽？

昨天她尚未意识到，一旦发现自己早已心生情愫，就越发难以抑制。

迷蒙如暗，声色似虚。为何在不知不觉间遍布周身？

心中思念独此一人，一念及此不由颤抖起来。千代发现自己已经爱上那个人，顿时羞涩、矜持、惶惶不安。

"我这么说，会不会让他笑话？那样子做，会不会被他讨厌？"

千代心思杂乱无章，自问自答开不了口，只是无心地捻着榻榻米上的尘埃，恰如成语说"聚沙成塔，积埃成山"，此刻她的心思也堆积如山。

"想你,想见你。"

直到昨天之前,她都是这么坦诚直白地表达自己的心思,从没多想,那时的自己真是浅显呀。

她开始瞻前顾后犹豫不决,既不敢再叫"隔壁的家伙",也不敢叫"阿良"。可什么都不称呼,心里就更苦涩。古语云:凄凄泣泪湿唐衣,燃烧之色忽转冷。

她辗转反侧夜不能眠,即使思念疲惫稍做休憩,梦中也是那人的身影,眼神温柔,手轻抚背,问她:"你在想什么呢?"

"都怪你!"

真想像过去一样,可是欲说还休,欲说还休,终究是一低头的害羞。

"别瞒我了,别把我当外人,我猜你是不是爱上哪个我不认识的家伙了?真叫人嫉妒呀!"

还装傻讽刺我,哼!

"如果是爱上别的谁,我会消瘦成这样子吗?你看。"

他握着她伸出的手,笑着说:"那么,到底是谁呀?"

正要说出口的瞬间,枕头边传来闹钟的响声,一梦惊觉。原来是日有所思夜有所梦。想到古诗歌中说的"恨鸡鸣",哪里只有幽会中的男女有此心境,像这种好梦被打断骤然醒来的时候,也不无此种遗憾。

"你今天早上是怎么了?气色不太好呀。"母亲当然不知道女儿的心思,这么一问之下,女儿又不禁脸红,内心苦涩。

白日里借着女红缝纫排解多愁善感的心思,将乱作一团的心思用针线一一缝住。

"现在别想那么多了,多想也没用。说出来的话,万一惹人厌烦,那可真是太羞耻了,以后都没脸再见他。人家把自己当妹妹呢,所以才会无所顾忌地疼爱我,如果他要选终身对象,不知道会是哪种姑娘?想必做他那样人的妻子,必然是倾国倾城,多才多艺的。连我都这么想了,何况他自己呢。我可别自以为是地往上赶,搞不好连多年的交情都毁了,那就真欲哭无泪。别想了,别想了。别对他有什么心思,就只把他当作哥哥,人家不嫌弃的话至少还能陪在身边听他温柔的言语。"千代终于下定决心断了念头。可是一念及此,她的眼泪就不由自主地沿着脸颊流了下来。哎,就像是好不容易整好的丝线,一松散又弹回原样。

"都怪他对自己太温柔了。假如他一向对我漠不关心,也不会把人家害得这么惨。

"如此念念不忘,是我自己的问题呢?还是他的问题?越想越恨他。我不想再听到他声音,也不想看见他的人了。可是一听到他的声音又难免想念他,心里也更焦虑。虽然心中依依不舍,可是万一他真的生气了,不再踏进我们家来,那我也不要再去他们家了。想想就心里难受,如果我们两个针锋相对势如水火也就没事了吧。

"好,从今天起,不要再和他见面,也不要再同他讲话,他如果不高兴,那更好。"

可是,前一刻才下决心,这一刻听到隔壁传来那人讲话的声音,决心马上就动摇了……自己到底在想什么呀?一心只想见到他。我的心思除了自己以外别无友人可以倾诉，而我的眼里除了良之助的身影之外也看不见任何东西。我所爱的人压根儿不知道世上还有个人恋着他，既然他都不知道，也没法帮我分担。他这逍遥自在的男人心思，又能说什么呢？未来的事情不可预料，自己的身体也很让人担心呀。哎呀，春天在哪儿？别说是花，就连墙角的小草都燃烧着春意呢！

# 下

"小千,今天身子好些了吗?"

良之助说着兀自推开双折屏风坐到千代枕边。

这窘迫的样子让他见到着实羞愧,她想撑起身子,可是瘦弱的双臂柔软无力。

"躺着吧,别起来了,生病了就别那么多客套。如果想起来些,就靠着我吧。"

良之助正要一把将她抱起。不承想千代已经自己端坐好了。

"阿良,学校不是正在考试吗?"

"哦,是呀。"

"那你老过来我这不太好吧?"

"你不用替我考虑那么多,老操心对养病可不好。"

"可这样我会不好意思的。"

"有什么不好意思的。你能快点康复才是最重要的。"

"谢谢。但我这次恐怕好不起来了。"

"胡说什么!别对自己没信心,这样病怎么容易好呢?你说这话,不知道你父母有多担心你。这可不是向来孝顺的你该做的。"

"可是,我不知怎么能好起来……"

她有气没力地说着,望着他的眼睛泪眼婆娑。

"别犯傻了。"良之助嘴上这么说,心里却也不忍。

看她一天更比一天消瘦,有酒窝的面颊也日渐凹陷。原本就白皙的脸庞变得接近透明,几缕发丝散落,虽然依旧乌黑,却已失去了往日的光泽,令人看了就心痛。

就算是别人见了这情景,也会感到哀愁悲伤。

忍草花纹的睡衣因久卧而萎缩,浅红的腰带在身前随便打个结。这模样儿还能见到几多日呢?曾经几乎天天形影不离的亲近,怎么会至今不明白她的心事?

她的心底，到底是从什么时候开始有了这些忧愁的？

昨天黄昏的时候，良之助听千代家的女佣阿福边哭边对他说，千代发高烧的时候一直喊着他的名字，也难怪阿福责怪他，说这病都是为了他才得的。

良之助只恨自己什么都不知道，也怪千代什么都不说。今天早上前去探病，千代从瘦了一圈的手指上褪下一枚戒指，苦涩一笑，对他说："这个戒指，留给你做纪念。"

哎，我要是早点知道她的心思，也不会让她病弱成如今这样啊！这一切都是我的错啊！

"阿良，早上给你的戒指，你有没有戴上？"

千代的声音非常微弱。

良之助想回她的话，可是胸闷得话也说不出来，只是默默伸出左手给她看。

她握住那手，盯着戒指说：

"这戒指，就当是我吧。"

话音未落，泪滴已落。她忽地伏在了枕头上。

"小千，难受了是吗？阿福！赶紧拿药过来！你到底怎么了，脸色怎么这么差！伯母，您快过来看看！"良之助大声喊着，惊着了邻屋正在求神拜佛的千代母亲，以及在厨房准备干净水的阿福，他们都慌慌张张地赶了过来。

千代睁开眼睛问：

"阿良呢？"

"阿良就在你的枕头右边呢。"

"母亲，让阿良回去吧。"

"为什么？我在有什么问题吗？"

"阿福，让阿良回去吧。"

"小姐，为什么这么说？不是一直在等他来吗？怎么又让他回去……你要是不舒服，喝点药吧，你的母亲就在后边。"

"我在这里呢。小千，娘亲就在这儿。你看到了吗？你爹已经请人来医你了。你要振作起来啊。是不是胸口难受？啊，啊，怎么这么多汗？阿福，赶紧去找医生来！孩子他爹，你别傻站着啊，赶紧帮忙啊！"

"阿良,递个手帕给我,啊,你说什么?很抱歉,还是要让阿良回去?好的好的,我跟他说。阿良,你也听见了吧?"

这可怜的母亲,几乎急得要发疯。

千代说话喘着气,脸色逐渐发青,生命如同夜间露水顷刻将逝。

良之助不愿离去,可又不忍心让临终的人烦忧,只得退出到屏风后两三步处。

"阿良。"声如发丝。

良之助闻声回道:"怎么了?"

"明天,我再跟你赔不是吧……"


无风。

屋檐上有樱花飘零。

夕阳沉默。

何处的钟声回荡着心中的悲伤。

**爱情短经典：青梅竹马**

---
唯有深情不惧时光，让爱情经典随手可读

图书在版编目（CIP）数据

青梅竹马 /（日）樋口一叶著；小岩井译. -- 昆明：云南美术出版社，2020.9
（爱情短经典；2）
ISBN 978-7-5489-3747-0

Ⅰ.①青… Ⅱ.①樋…②小… Ⅲ.①中篇小说－小说集－日本－近代②短篇小说－小说集－日本－近代 Ⅳ.①I313.44

中国版本图书馆CIP数据核字(2020)第143108号

责任编辑：梁　媛　何青亮
责任校对：赵　婧　温德辉　邓　超
产品经理：曹俊然　冯　晨

**爱情短经典**

**青梅竹马**

（日）樋口一叶　著　小岩井　译

| | |
|---|---|
| 出版发行： | 云南出版集团<br>云南美术出版社（昆明市环城西路609号） |
| 制版印刷： | 北京盛通印刷股份有限公司 |
| 开　　本： | 787mm×1092mm　1/32 |
| 字　　数： | 120千字 |
| 印　　张： | 4 |
| 印　　数： | 1－6,000 |
| 版　　次： | 2020年9月第1版 |
| 印　　次： | 2020年9月第1次印刷 |
| 书　　号： | ISBN 978-7-5489-3747-0 |
| 定　　价： | 138.00元（全7册） |

**如发现印装质量问题，影响阅读，请联系 021-64386496 调换**